illustriert von Rolf Rettich

C.S. Lewis

DER KAMPF UM NARNIA

Annette Betz Verlag

CIP-Kurztitelaufnahme der Deutschen Bibliothek

Lewis, Clive S.:
Der Kampf um Narnia / C. S. Lewis. [Aus d. Engl.
von Hans Eich]. – Wien; München; Heidelberg:
Betz, 1982.
Einheitssacht.: The last battle ‹dt.›
ISBN 3-219-10252-2

B 299/1

Aus dem Englischen von Hans Eich mit
freundlicher Genehmigung der Aschendorffschen
Verlagsbuchhandlung, Münster
Originaltitel »The Last Battle«, erschienen
im Verlag The Bodley Head Limited, London

Umschlag und Illustrationen von Rolf Rettich

Papier und Gesamtherstellung: Salzer - Ueberreuter, Wien
Printed in Austria

Das Ding im Kesselteich

In den letzten Tagen des Landes Narnia lebte weit oben in der Westlichen Mark hinter dem Laternendickicht und nahe am großen Wasserfall ein Affe. Er war so alt, daß niemand wußte, wann er zum ersten Mal in diese Gegend gekommen war. Sein Name war Listig, und er war der klügste, häßlichste und runzligste Affe, den man sich nur vorstellen kann. Er bewohnte ein kleines Holzhaus, mit Laub gedeckt, in der Astgabel eines großen Baumes.

Es lebten nur wenige sprechende Tiere, Adamssöhne und Evastöchter, Zwerge oder sonstige Geschöpfe in diesem Teil des Waldes. Einen Freund und Nachbarn aber hatte Listig doch, einen Esel namens Wirrkopf. Jeder sagte von sich, er sei des anderen Freund. Aber Wirrkopf war mehr Listigs Diener als sein Freund, denn er verrichtete alle Arbeit. Wenn sie zusammen zum Fluß gingen, füllte Listig die großen Fellflaschen mit Wasser, aber Wirrkopf mußte sie tragen. Hatten sie irgend etwas aus den Orten weiter unten am Fluß zu besorgen, so stieg Wirrkopf hinab. Auf seinem Rücken trug er die leeren Körbe und kam mit schweren, gefüllten Körben wieder. Und all die leckeren Dinge, die er mitbrachte, verzehrte Listig allein.

»Du siehst doch ein, Wirrkopf«, sagte Listig, »daß ich kein Gras und keine Disteln fressen kann, so wie du. Ich brauche andere Sachen.«

Und Wirrkopf erwiderte stets: »Natürlich, Listig, natürlich. Das sehe ich ein.«

Wirrkopf beklagte sich nie, weil er wußte, daß Listig viel klüger war als er. Er fand es nett von Listig, daß er sein Freund sein durfte. Hatte Wirrkopf aber doch einmal etwas einzuwenden, so erklärte Listig einfach:

»Ich verstehe besser als du, was getan werden muß. Du weißt, du bist nicht klug, Wirrkopf.«

Und Wirrkopf antwortete darauf: »Du hast ganz recht, Listig, ich bin nicht klug.« Er seufzte und tat dann alles, was Listig wollte.

Eines Morgens im Frühling gingen die beiden am Ufer des Kesselteichs spazieren. Dieser große Teich liegt genau unter den Felsen am westlichen Ende von Narnia. Ein großer Wasserfall stürzt in den Teich hinunter, mit einem Getöse wie unaufhörlicher Donner, auf der anderen Seite des Teiches aber fließt der Narniafluß heraus. Der Wasserfall läßt den Teich tanzen und schäumen und wühlt das Wasser auf, als ob es kochte. Daher der Name »Kesselteich«. Am lebhaftesten schäumt der Wasserfall im zeitigen Frühjahr, wenn der Schnee schmilzt und das Wasser von den Bergen herabströmt.

Als die beiden auf den Kesselteich blickten, streckte Listig plötzlich seinen braunbehaarten Zeigefinger aus und rief: »Sieh doch! Was ist das?«

»Was ist was?« fragte Wirrkopf.

»Da, das gelbe Ding, das gerade den Wasserfall hinabschießt. Da ist es wieder. Es treibt. Wir müssen herauskriegen, was das ist.«

»Müssen wir das?« fragte Wirrkopf.

»Natürlich müssen wir das«, antwortete Listig. »Es kann doch etwas Brauchbares für uns sein. Sei so nett, spring schnell in den Teich und fisch es heraus. Dann können wir es uns genauer ansehen.«

»In den Teich springen?« fragte Wirrkopf mit schlackernden Ohren.

»Na, wie sollen wir es sonst herausholen, wenn du nicht hineinspringst?« fragte Listig.

»Aber . . . aber«, stammelte Wirrkopf, »wäre es nicht besser, wenn du ins Wasser gingest? Du willst ja unbedingt wissen, was das ist! Ich bin gar nicht so neugierig. Und du hast außerdem Hände. Du bist so gut dran wie ein Mensch oder ein Zwerg, denn du kannst Dinge festhalten. Ich aber habe nur Hufe.«

»Wirklich, Wirrkopf«, sagte Listig, »ich hätte nicht gedacht, daß du so etwas von mir verlangen könntest. Wirklich, das hätte ich von dir nicht gedacht.«

»Warum, was habe ich denn Unrechtes gesagt?« fragte der Esel

kleinlaut, denn er merkte, daß Listig tief gekränkt war. »Ich meinte doch nur, daß du . . .«
»Von *mir* zu wollen, daß ich ins Wasser gehe!« sagte der Affe. »Als ob du nicht sehr gut wüßtest, was für eine schwache Brust wir Affen haben und wie leicht wir uns erkälten! Nun gut. Ich will hineingehen. Mir ist zwar schon furchtbar kalt in diesem grausamen Wind, aber ich gehe. Wahrscheinlich werde ich daran sterben. Und dann wird es dir leid tun.« Listigs Stimme klang ganz so, als ob er gleich in Tränen ausbrechen müßte.
»Bitte, tu es nicht! Bitte, tu es nicht! Bitte, tu es nicht!« rief Wirrkopf verzweifelt. »So habe ich es doch nicht gemeint, Listig, wirklich nicht. Du weißt, wie dumm ich bin und daß ich nicht gleichzeitig an mehrere Dinge denken kann. Deine schwache Brust hatte ich einfach vergessen. Natürlich werde ich ins Wasser steigen. Du brauchst es nicht zu tun. Versprich mir, daß du es nicht tust, Listig!«
Listig versprach es hoch und heilig, und Wirrkopf klapperte auf seinen vier Hufen um das felsige Ufer des Teiches herum. Er suchte nach einer passenden Stelle, wo er am günstigsten hineinsteigen konnte. Ganz abgesehen von der Kälte war es wirklich kein Spaß, in dieses brodelnde, schäumende Wasser zu tauchen. Wirrkopf blieb stehen und schüttelte sich.
Aber da rief Listig hinter ihm: »Vielleicht sollte ich es doch lieber selbst tun, Wirrkopf.«
Als Wirrkopf das hörte, rief er: »Nein, nein! Du hast es mir doch versprochen. Ich bin schon dabei.«
Wirrkopf stieg in den Teich. Wasser spritzte ihm in die Augen und füllte sein Maul, und der Schaum blendete ihn fast. Sekundenlang ging er ganz unter, und als er wieder auftauchte, befand er sich an einer anderen Stelle des Teiches. Ein Strudel packte und wirbelte ihn herum, schneller und schneller, und drückte ihn schließlich genau unter den Wasserfall. Die Kraft des Wassers tauchte Wirrkopf nochmals unter, tief unter, so daß er glaubte, er könne niemals den Atem so lange anhalten. Aber endlich kam er doch wieder herauf

und sogar nahe an das Ding heran. Er versuchte es zu fassen, doch da trieb es von ihm weg, bis es unter den Wasserfall geriet und auf den Grund gedrückt wurde. Als das Ding wieder auftauchte, war es weiter von Wirrkopf entfernt denn je.

Aber dann, als er bereits zu Tode erschöpft war, voller Flecken und vor Kälte erstarrt, gelang es Wirrkopf endlich, das Ding mit seinen Zähnen zu packen. Er stieg aus dem Teich und trug es vor sich her. Seine Vorderbeine verwickelten sich darin, denn das Ding war so groß wie ein riesiger Bettvorleger, sehr schwer und kalt und voller Schlamm.

Wirrkopf warf das Ding vor Listig hin und stand triefend und zitternd da und versuchte, wieder zu Atem zu kommen. Aber der Affe schaute ihn überhaupt nicht an und fragte auch nicht, wie er sich fühle. Listig war viel zu beschäftigt; er ging um das Ding herum, breitete es aus, beklopfte und beroch es. Dann sagte er mit flackernden Augen: »Das ist eine Löwenhaut.«

»Iah – iah – oh, wirklich?« schnaufte Wirrkopf.

»Na, ich frage mich ... ich frage mich . . ich frage mich«, sagte Listig zu sich selbst, denn er dachte angestrengt nach.

»Ich frage mich, wer den armen Löwen getötet hat«, warf Wirrkopf ein. »Er muß beerdigt werden. Wir müssen ein Begräbnis für ihn veranstalten.«

»*Darum* brauchst du dich nicht zu kümmern«, sagte Listig. »Es war kein sprechender Löwe. Es gibt keine sprechenden Tiere jenseits der Wasserfälle in der Westlichen Wildnis. Diese Haut hat, so scheint es, einem stummen wilden Löwen gehört.«

Das stimmte tatsächlich. Vor mehreren Monaten hatte ein Jäger, ein Mensch, diesen Löwen oben in der Westlichen Wildnis getötet und ihm die Haut abgezogen.

»Ganz gleich, Listig«, sagte Wirrkopf, »auch wenn die Haut nur einem ganz gewöhnlichen wilden Löwen gehört hat, sind wir nicht doch verpflichtet, ihm ein anständiges Begräbnis zu geben? Ich meine, sind nicht alle Löwen ziemlich ... ziemlich würdevoll? Sie wissen eben, daß sie jemand sind. Meinst du nicht auch?«

»Streng dich nur nicht so an, Gedanken aus deinem Kopf zu lokken«, sagte Listig. »Du weißt doch, Denken ist nicht gerade deine Stärke. Wir werden diese Haut zu einem hübschen warmen Wintermantel für dich verarbeiten.«

»Ich glaube kaum, daß ich den gerne trüge«, sagte der Esel. »Es sähe so aus . . . ich meine, die anderen Tiere könnten denken . . . das heißt, ich fühlte mich nicht . . .«

»Was faselst du da eigentlich?« fragte Listig und kratzte sich am Hinterteil, wie es Affen gern tun.

»Ich glaube nicht, daß es höflich wäre vor Aslan, dem Großen Löwen, wenn ein Esel wie ich in einer Löwenhaut herumliefe«, sagte Wirrkopf.

»Nun meckere bloß nicht«, versetzte Listig. »Was weiß schon ein Esel von solchen Dingen? Du bist doch nicht gut im Denken, Wirrkopf. Warum läßt du nicht mich für dich denken? Warum behandelst du mich nicht so, wie ich dich behandle? *Ich* glaube nicht, daß ich alles kann. Ich weiß, daß du einige Dinge besser verstehst als ich. Darum habe ich dich auch in den Teich steigen lassen; ich wußte, daß du es besser kannst als ich. Aber warum soll ich nicht an die Reihe kommen, wenn es sich um etwas handelt, das nur ich tun kann und du nicht? Darf ich nie etwas tun? Sei doch gerecht! Denk mal darüber nach.«

»Gut und schön, natürlich, wenn du es so siehst«, meinte Wirrkopf.

»Ich will dir etwas raten«, sagte Listig. »Du tätest besser daran, flink den Fluß hinunterzutraben bis in den nächsten Ort und nachzuschauen, ob es dort Orangen oder Bananen gibt.«

»Aber ich bin so müde, Listig«, flehte Wirrkopf.

»Ja, aber du bist sehr naß und frierst«, sagte der Affe. »Du mußt dich aufwärmen. Ein flotter Lauf wäre dafür gerade das richtige. Außerdem ist heute Markt im nächsten Ort.«

Da sagte Wirrkopf natürlich, er ginge sogleich.

Kaum allein, lief der Affe zu seinem Baum, manchmal auf zwei Pfoten und manchmal auf vieren. Er schwang sich hinauf, von Ast zu Ast, immerfort schnatternd, und stieg in sein kleines Haus. Er fand Nadel und Faden und eine große Schere; er war nämlich ein kluger Affe, und die Zwerge hatten ihn nähen gelehrt. Er nahm das Garnknäuel ins Maul (es war sehr dick, mehr Schnur als Garn), so daß seine Backe sich aufblähte, als ob er ein großes Bonbon lutschte. Er hielt die Nadel zwischen den Lippen und nahm die Schere in die linke Pfote. Dann kam er vom Baum herunter und lief wieder zur Löwenhaut. Er hockte sich nieder und fing an zu arbeiten.

Listig sah sofort, daß der Balg der Löwenhaut für Wirrkopf zu lang und der Hals zu kurz war. So trennte er denn einen breiten Streifen aus der Mitte des Fells heraus, als langen Kragen für Wirrkopfs langen Hals. Dann schnitt er das Fell am Hals durch und nähte den Streifen zwischen Kopf und Schultern wieder ein. Statt der Knöpfe und der Knopflöcher nähte Listig Fäden an, so daß das Fell sich unter Wirrkopfs Brust und Bauch verschnüren ließ.

Ab und zu flog ein Vogel über Listig hinweg. Dann hörte der Affe mit seiner Arbeit auf und schaute ängstlich empor. Er konnte niemanden gebrauchen, der sah, was er tat. Aber da es keine sprechenden Vögel waren, die da flogen, hatte es weiter nichts zu bedeuten.

Spät am Nachmittag kam Wirrkopf zurück, keineswegs munter; er schleppte sich mühsam daher, so wie es Esel eben tun.

»Es gab keine Orangen«, erklärte er, »und auch keine Bananen. Oh, was bin ich müde!« Mit diesen Worten legte er sich nieder.

»Komm und probier doch deinen schönen Mantel aus Löwenhaut an«, lockte Listig.

»Ach, das verflixte alte Fell«, sagte Wirrkopf, »ich werde es morgen früh anprobieren. Heute abend bin ich einfach zu müde.«

»Wie unfreundlich du bist, Wirrkopf«, tadelte ihn Listig. Wenn *du* schon müde bist, was soll *ich* denn sagen? Du hast einen schönen erholsamen Spaziergang im Tal gemacht, und ich habe schwer geschuftet und dir einen prächtigen Mantel genäht. Meine Pfoten sind ganz lahm davon, ich kann kaum noch die Schere halten. Und jetzt willst du nicht einmal danke sagen. Du willst dir den Mantel nicht einmal ansehen.«

»Mein lieber Listig«, sagte Wirrkopf und stand sofort auf, »es tut mir wirklich leid. Ich habe mich sehr dumm benommen. Natürlich möchte ich den Mantel gern anziehen. Er sieht wunderbar aus. Probier ihn mir doch gleich an, bitte!«

»Gut, dann steh still«, sagte der Affe. Das Fell war so schwer, daß er es kaum heben konnte, aber mit Ziehen und Zerren und Pusten und Schnauben konnte er es dem Esel schließlich auf den Rücken legen. Listig verschnürte die Bänder unter Wirrkopfs Bauch, knüpfte die Beine um dessen Beine und den Schwanz um Wirrkopfs Schwanz. Ein gutes Stück von Wirrkopfs Nase und seinem Gesicht war allerdings noch durch das offene Maul des Löwenkopfs zu erblicken. Niemand, der je einen richtigen Löwen gesehen hatte, hätte sich nur einen Augenblick lang täuschen lassen. Doch wer Löwen nicht von Ansehen kannte und nun Wirrkopf in seiner Löwenhaut sah, mochte ihn wohl für einen Löwen halten. Das heißt, wenn er nicht zu nah herankam und das Licht nicht zu hell war, wenn Wirrkopf keinen Schrei ausstieß und nicht mit den Hufen klapperte.

»Du siehst wundervoll aus, ganz wundervoll«, schmeichelte der Affe. »Wer dich jetzt sieht, muß dich für Aslan, den Großen Löwen, halten.«

»Das wäre furchtbar«, stöhnte Wirrkopf.

»Nein, das wäre es nicht«, widersprach Listig. »Alle müßten tun, was du ihnen sagst.«

»Aber ich will ihnen doch nichts befehlen.«

»Denk doch nur an das Gute, das wir tun können«, ermunterte ihn Listig. »Du hast mich als Ratgeber, das weißt du. Ich würde mir vernünftige Befehle ausdenken, die du geben könntest. Dann müßte uns jeder gehorchen, sogar der König. Wir brächten alles in Narnia in Ordnung.«

»Aber ist denn nicht ohnehin alles in Ordnung?« fragte Wirrkopf.

»Was?« schrie Listig. »Alles in Ordnung, wenn es nicht einmal Orangen oder Bananen gibt?«
»Gut«, sagte Wirrkopf. »Aber du weißt, dort unten im Tal leben nicht viele Leute. Wer außer dir braucht denn solche Dinge?«
»Dort gibt es aber auch Zucker«, meinte Listig.
»Hm, ja«, sagte der Esel. »Das wäre nett, wenn es dort unten noch mehr Zucker gäbe.«
»Na, gut, das haben wir festgestellt«, meinte der Affe. »Du tust, als seist du Aslan, und ich werde dir einflüstern, was du zu sagen hast.«
»Nein, nein, nein!« rief Wirrkopf. »Sprich nicht von so schrecklichen Sachen. Es wäre unrecht, Listig. Ich mag ja nicht sehr klug sein, aber das weiß ich genau. Was würde aus uns, wenn der wirkliche Aslan auftauchte?«
»Ich nehme an, er wäre begeistert«, sagte Listig. »Vielleicht hat er uns die Löwenhaut sogar geschickt, damit wir die Dinge in Ordnung bringen. Sei unbesorgt, er wird nicht aufkreuzen – wenigstens nicht jetzt.«
In diesem Augenblick donnerte es gerade über ihnen, und der Boden zitterte wie bei einem leichten Erdbeben. Beide Tiere verloren das Gleichgewicht und stürzten zu Boden.
»Da!« japste Wirrkopf, sobald er wieder zu Atem kam. »Das ist ein Zeichen, eine Warnung. Beinah hätten wir etwas Böses getan. Nimm mir sofort dieses elende Fell ab.«
»Nein, nein«, erklärte der Affe (dessen Verstand sehr schnell arbeitete). »Das ist ein Zeichen besonderer Art. Ich wollte gerade sagen: Wenn der richtige Aslan, wie du ihn nennst, möchte, daß wir unsere Pläne ausführen, schickt er uns Donnerschlag und Erdbeben. Gerade hatte ich es auf der Zunge, aber das Zeichen kam, ehe ich die Worte herausbringen konnte. Du mußt es jetzt *tun*, Wirrkopf. Und, bitte, laß uns kein Wort mehr darüber verlieren. Du weißt doch, daß du von diesen Dingen nichts verstehst. Was weiß schon ein Esel von Vorzeichen?«

Der voreilige König

Es war etwa drei Wochen später. Der letzte König von Narnia saß unter der großen Eiche, die neben der Tür seines kleines Jagdhauses wuchs, in dem er sich bei strahlendem Frühlingswetter oft zehn Tage oder länger aufhielt. Das Haus war ein niedriger, strohgedeckter Bau, nicht weit vom östlichen Ende des Laternendickichts und oberhalb der Stelle, wo die beiden Flüsse zusammentrafen. Der König liebte es, dort einfach und zwanglos zu leben, ohne den Glanz und den Prunk von Feeneden, der Hauptstadt seines Landes. König Tirian war Anfang Zwanzig, er hatte breite und starke Schultern und kräftige Muskeln, nur sein Bart wuchs spärlich. Er hatte blaue Augen und ein furchtloses, ehrliches Gesicht.

An diesem Frühlingsmorgen war nur sein bester Freund bei ihm: Kleinod, das Einhorn. Sie waren einander zugetan wie Brüder, und im Krieg hatte einer das Leben des anderen gerettet. Das edle Tier stand neben dem Stuhl des Königs, den Nacken gebeugt, und rieb sein blaues Horn an seiner weißen Flanke.

»Ich kann mich heute keiner Arbeit widmen oder Spiel und Sport treiben, Kleinod«, erklärte der König. »Ich muß immerzu an diese wunderbare Nachricht denken. Ob wir heute noch mehr davon erfahren?«

»In der Tat die schönste Nachricht, die wir jemals hörten, Majestät«, erwiderte Kleinod. »Wenn sie nur wahr ist.«

»Warum sollte sie nicht wahr sein?« fragte der König. »Vor einer Woche flogen die ersten Vögel über uns und riefen: Aslan ist hier, Aslan ist wieder nach Narnia gekommen. Und dann die Eichhörnchen! Sie hatten Aslan zwar nicht gesehen, aber sie meinten, er sei ganz bestimmt in den Wäldern. Dann meldete sich der Hirsch, er hätte ihn mit eigenen Augen gesehen, von fern, bei Mondschein, im Laternendickicht. Dann kam jener dunkle Mann mit dem Bart, der Kaufmann aus Kalormen. Seine Landsleute kümmern sich kaum um Aslan; doch der Mann sprach ganz überzeugt von ihm. Dann der Dachs gestern, auch er hatte Aslan gesehen.«

»Majestät«, erwiderte Kleinod, »ich glaube das alles. Man sieht es mir nur nicht an, weil ich mich zu sehr freue. Es ist fast zu schön, um daran zu glauben!«
»Ja«, sagte der König mit einem tiefen Seufzer, fast einem Schauer von Glück, »das übertrifft alles, was ich bisher in meinem Leben erhofft habe.«
»Hört nur!« rief Kleinod plötzlich, wandte den Kopf zur Seite und richtete die Ohren steil auf.
»Was ist denn?« fragte der König.
»Klappernde Hufe, Majestät«, erwiderte Kleinod, »ein Pferd im Galopp. Ein schweres Pferd. Sicher ein Zentaur. Seht nur, da ist er schon!«
Ein großer Zentaur mit goldgelbem Bart, halb Mensch, halb Pferd, galoppierte auf den König zu, hielt an und verneigte sich. Lang lebe der König!« rief er. Seine Stimme war so tief wie die eines Stiers. Menschenschweiß stand ihm auf der Stirn, Pferdeschweiß auf den roten Flanken.
»Sieh da!« sagte der König. Er blickte über die Schulter zur Tür des Jagdhauses und rief: »Einen Becher Wein für den edlen Zentauren. Willkommen, Klughuf! Wenn du wieder bei Atem bist, sag uns deinen Auftrag.«
Ein Edelknabe kam aus dem Haus. Er trug einen großen, reich verzierten Holzbecher und reichte ihn dem Zentauren. Der Zentaur hob den Becher und sprach:
»Zuerst trinke ich auf Aslan und die Wahrheit, mein Gebieter, und dann auf Eure Majestät.«
Er trank den Wein (der für sechs starke Männer gereicht hätte) in einem Zug aus und gab den leeren Becher dem Edelknaben zurück.
»Nun, Klughuf«, erkundigte sich der König, »bringst du uns weitere Nachrichten über Aslan?«
Klughuf blickte finster und runzelte die Stirn.
»Sire«, sprach er, »Ihr wißt, wie lange ich schon lebe und die Sterne studiere; denn wir Zentauren leben länger als ihr Menschen

und sogar länger als dein Geschlecht, Einhorn. Niemals in meinem ganzen Leben sah ich so schreckliche Zeichen in den nächtlichen Himmel geschrieben wie zu Beginn dieses Jahres. Die Sterne künden nichts von dem Erscheinen Aslans, nichts von Frieden und nichts von Freude. Durch meine Kunst weiß ich, daß es fünfhundert Jahre lang keine so unheilvolle Verbindung der Planeten gegeben hat. Ich muß Euer Majestät warnen, ein großes Unglück schwebt über Narnia. Gestern abend kam auch zu mir das Gerücht, daß Aslan unterwegs in Narnia ist. Majestät, glaubt dieses Märchen nicht. Es kann nicht wahr sein. Die Sterne lügen nie, aber Menschen und Tiere lügen. Wenn Aslan wirklich nach Narnia käme, hätte es der Himmel vorausgesagt. Wäre er wirklich gekommen, hätten sich die freundlichsten Sterne zu seiner Begrüßung versammelt. Seid gewiß, dies alles ist eine gemeine Lüge!«

»Eine Lüge!« rief der König erbost. »Wer in Narnia oder irgendwo sonst in der ganzen Welt wagte es, in einer so ernsten Sache zu lügen?« Ohne daß es ihm bewußt wurde, griff er nach seinem Schwert.

»Das weiß ich nicht, Herr und Gebieter«, antwortete der Zentaur. »Eines jedoch weiß ich: Auf der Erde gibt es Lügner, aber niemals unter den Sternen.«

»Ich frage mich«, gab Kleinod zu bedenken, »ob Aslan auch dann kommt, wenn die Sterne es anders voraussagen? Er ist kein Sklave der Sterne, sondern ihr Herr. Heißt es nicht in den alten Geschichten, daß er kein zahmer Löwe ist?«

»Gut gesprochen, gut gesprochen, Kleinod«, rief der König. »Das sind die richtigen Worte: kein zahmer Löwe! So wird es in vielen Geschichten berichtet.«

Klughuf hatte die Hand gehoben und lehnte sich gerade vor, dem König etwas sehr Ernstes zu sagen, als plötzlich alle drei ihre Köpfe wandten. Sie hörten einen wehklagenden Laut. Westlich von ihnen war der Wald so dicht, daß sie den Ankömmling noch nicht sahen, aber seine Worte vernahmen.

»Weh, weh, weh!« rief die Stimme. »Weh über meine Brüder und

Schwestern! Weh über die heiligen Bäume! Die Wälder sind verwüstet. Die Axt wird auf uns losgelassen. Wir werden niedergestreckt. Große Bäume fallen, fallen, fallen.«

Mit diesen Worten erschien eine Gestalt, die aussah wie eine Frau, aber so großgewachsen, daß ihr Kopf in gleicher Höhe mit dem des Zentauren war; sie hatte aber auch Ähnlichkeit mit einem Baum. Falls du noch niemals einer Dryade begegnet bist, ist es schwer zu erklären, wie sie aussieht – aber sie ist wirklich unverkennbar, irgend etwas an ihrer Stimme, an ihrem Haar, ihren Farben sagt es dir. König Tirian, Klughuf und Kleinod wußten sogleich, daß es die Nymphe einer Buche war.

»Gerechtigkeit, Herr und König!« rief sie. »Komm uns zu Hilfe. Schütze dein Volk. Sie fällen uns im Laternendickicht. Vierzig große Stämme meiner Brüder und Schwestern liegen schon auf dem Boden.«

»Wie, edle Frau? Sie fällen das Laternendickicht, morden die sprechenden Bäume?« rief der König, sprang auf und zog sein Schwert. »Wie können sie es wagen? Und wer wagt es? Bei der Mähne von Aslan!«

»A-a-a-ah!« hauchte die Dryade, fröstelnd vor Schmerz, wie unter geheimen Schlägen erschauernd. Dann fiel sie plötzlich zur Seite, so unvermutet, als wären ihre Füße unter ihr weggeschnitten worden. Die drei sahen sie sekundenlang wie tot im Grase liegen, doch dann verschwand sie. Sie wußten, was geschehen war: Meilenweit von ihnen entfernt war der Baum der Dryade gefällt worden.

Für einen Augenblick war des Königs Kummer und Zorn so groß, daß er verstummte. Dann sagte er: »Kommt, Freunde! Wir müssen schnell den Fluß hinauf und die Schurken finden, die das getan haben. Ich werde keinen von ihnen am Leben lassen.«

»So soll es geschehen, Sire!« rief Kleinod.

Aber Klughuf warnte: »Sire, seid vorsichtig, auch in Eurem gerechten Zorn. Seltsame Wesen sind am Werk. Gegen Rebellen in Waffen sind wir drei machtlos. Wartet lieber noch eine Weile.«

»Auch nicht den zehnten Teil einer Sekunde warte ich«, rief der

König. »Während Kleinod und ich vorgehen, galoppiere, so schnell du kannst, nach Feeneden, Klughuf. Hier ist mein Ring als dein Zeichen. Hol mir eine Anzahl gutbewaffneter Leute, eine Schar sprechender Hunde und zehn Zwerge, allesamt grimmige Bogenschützen, mindestens einen Leoparden und Steinfuß, den Riesen. Schick sie alle hinter uns her, so schnell es geht.«

»Wie Ihr befehlt, Majestät«, sagte Klughuf, wandte sich sogleich um und sprengte ins Tal nach Osten.

Der König ging schnellen Schrittes davon, murmelte manchmal vor sich hin und ballte die Faust. Kleinod neben ihm sagte nichts. Weithin gab es keinen Laut außer dem leisen Klingeln der goldenen Kette um Kleinods Hals und dem Geräusch von zwei Menschenfüßen und den vier Hufen des Einhorns.

Sie erreichten den Fluß auf einem grasbewachsenen Pfad, das Wasser zur Linken und den Wald zur Rechten. Bald danach kamen sie zu einer Stelle, wo der Boden uneben wurde und sich dichter Wald bis zu dem Ufer des Wassers ausdehnte. Der Pfad, oder was noch von ihm übriggeblieben war, lief nun jenseits des Flusses weiter, und sie mußten den Fluß durchwaten, um dorthin zu kommen.

Das Wasser ging Tirian bis zur Brust, Kleinod (mit vier Beinen standfester) hielt sich rechts von ihm, um so die Gewalt der Strömung zu brechen. Tirian legte seinen starken Arm um Einhorns kräftigen Hals, und so kamen die beiden sicher hinüber. Der König, noch voll Zorn, spürte kaum die Kälte des Wassers. Sobald sie ans Ufer kamen, wischte er sorgsam sein Schwert an der Schulter seines Mantels trocken, dem einzigen Teil, der nicht naß geworden war. Dann gingen sie auf dem Pfad weiter, mit dem Fluß zur Rechten und dem Laternendickicht in der Ferne vor sich.

Sie waren noch nicht weit gegangen, als beide stehenblieben und gleichzeitig sprachen.

Der König rief: »Was ist das?« und Kleinod: »Seht doch!«

»Ein Floß!« stellte König Tirian fest.

Das stimmte. Ein halbes Dutzend frisch gefällter und geschälter

Baumstämme, zu einem Floß zusammengebunden, glitt geschwind den Fluß hinab. Vorn stand eine Wasserratte und steuerte mit einer Stange.

»He, Wasserratte! Was machst du da?« rief der König.

»Ich schaffe Holz hinunter, um es den Kalormenen zu verkaufen, Sire«, sprach die Ratte und legte die Pfote zum Gruß an die Stirn, als hätte sie eine Mütze auf.

»Den Kalormenen?« rief Tirian wutentbrannt. »Was redest du da? Wer gab den Befehl, diese Bäume zu fällen?«

Die Strömung des Wassers war zu dieser Jahreszeit so groß, daß das Floß schon an dem König und Kleinod vorbeigeglitten war. Aber die Wasserratte rief zurück: »Des Löwen Befehl, Majestät, von Aslan selbst.« Sie fügte noch etwas hinzu, aber sie konnten es nicht mehr verstehen.

Der König und das Einhorn starrten einander an.

»Aslan«, sagte der König schließlich sehr leise, »Aslan. Könnte das sein? Ließ Aslan die heiligen Bäume fällen und die Dryaden morden?«

»Ich kann es nicht glauben. Es sei denn, die Dryaden hätten schreckliches Unrecht getan«, murmelte Kleinod.

»Aber sie an die Kalormenen zu verkaufen!« sagte der König. »Ist das möglich?«

»Ich weiß nicht«, erwiderte Kleinod kläglich. »Er ist kein *zahmer* Löwe.«

»Nun gut«, meinte schließlich der König, »wir müssen es herausfinden, komme, was da wolle.«

»Uns bleibt ja gar nichts anderes übrig, Sire.«

Das Einhorn erkannte in diesem Augenblick nicht, wie gefährlich es war, nur zu zweit weiterzugehen, und auch der König erkannte es nicht. Sie waren zu wütend, um klar denken zu können.

Plötzlich lehnte sich der König schwer auf seines Freundes Nakken und beugte sein Haupt. »Kleinod«, klagte er, »was wird uns noch erwarten? Ich ahne Schreckliches. Wären wir doch nur vor dem heutigen Tag gestorben!«

»Ja«, stimmte Kleinod zu. »Wir haben zu lange gelebt. Schlimmes wird über uns kommen.« Sie standen minutenlang still und gingen dann weiter.

Obwohl sie noch nichts sehen konnten, weil ein Erdhügel sie daran hinderte, hörten sie schon lange vorher das Geräusch von Äxten, die Holz schlugen. Als sie die Höhe erreicht hatten, blickten sie unmittelbar in das Laternendickicht. Des Königs Antlitz wurde weiß, als er die Wildnis sah.

Mitten durch den alten Wald – den Wald, wo goldene und silberne Bäume standen und wo ein Kind unserer Welt den Baum des Friedens gepflanzt hatte – war eine breite Schneise geschlagen worden, eine entsetzliche Schneise, eine klaffende Schnittwunde im Land, voll von schlammigen Spuren der gefällten und zum Fluß hinabgezogenen Bäume. Eine große Schar Leute war am Werk: Peitschen knallten, und Pferde zogen und zerrten die Holzstämme.

Als erstes stellten der König und das Einhorn verwundert fest, daß die Hälfte der Arbeiter keine sprechenden Tiere, sondern Menschen waren. Dann bemerkten sie, daß es nicht die hellhaarigen Bewohner von Narnia, sondern die dunklen und bärtigen von Kalormen waren, jenem großen und grausamen Land, das jenseits Archenland und hinter der Wüste im Süden liegt. Es gab natürlich keinen Grund, warum man nicht einen oder zwei Kalormenen in Narnia treffen sollte – einen Kaufmann oder einen Gesandten –, denn in diesen Tagen herrschte Frieden zwischen Narnia und Kalormen. Aber Tirian konnte nicht verstehen, warum so viele Kalormenen einen narnianischen Wald vernichteten. Fester packte er sein Schwert und rollte den Mantel um seinen linken Arm. Sie rannten hinunter, mitten in die Menge.

Zwei Kalormenen trieben ein Pferd, das vor einen Baum gespannt war. Als der König sie erreichte, war der Stamm gerade im Schlamm steckengeblieben.

»Vorwärts, du Sohn der Faulheit! Zieh, träges Schwein!« schrien die Kalormenen und knallten mit den Peitschen. Das Pferd zog so angestrengt, wie es nur konnte, mit blutunterlaufenen Augen und Schaum vor dem Maul.

»Los, du faules Vieh!« rief einer der Kalormenen und schlug auf das Pferd ein. Da geschah das Schreckliche.

Bis jetzt hatte Tirian geglaubt, die Pferde, die die Kalormenen antrieben, seien ihre eigenen Pferde, stumme Tiere ohne Verstand, wie die Pferde unserer Welt. Obwohl Tirian nicht ertragen konnte, wenn auch nur ein stummes Pferd mißhandelt wurde, dachte er mehr an den Mörder der Bäume. Es wäre ihm nie eingefallen, daß es jemand wagen könnte, eines der freien sprechenden Pferde von Narnia zu mißbrauchen und dazu eine Peitsche zu benutzen. Unter dem grausamen Schlag bäumte sich das Pferd auf und rief wehklagend:

»Du Narr und Tyrann! Siehst du denn nicht, daß ich schon alles tue, was in meinen Kräften steht?«

Als Tirian erkannte, daß das Pferd eines seiner eigenen narnianischen war, überkam ihn und Kleinod solche Wut, daß sie nicht wußten, was sie taten. Der König erhob sein Schwert, und Kleinod senkte sein Horn. Dann stürmten sie zusammen los. Im nächsten Augenblick lagen beide Kalormenen tot da: der eine durch Tirians Schwert enthauptet, der andere durch Kleinods Horn mitten durch das Herz gebohrt.

Ein Affe spielt sich auf

»Mein armes Pferd, mein liebes, tapferes Pferd«, sagte Tirian und schnitt ihm eilig die Zugriemen durch, »wie konnten dich die Fremden zu so schwerer Arbeit zwingen? Ist Narnia etwa unterworfen? Hat es eine Schlacht gegeben?«

»Nein, Majestät«, keuchte das Pferd. »Aslan ist hier. Es geschieht alles nach seinem Befehl. Er hat befohlen ...«

»Vorsicht, Gefahr, mein König!« mahnte Kleinod. Tirian blickte auf und sah, daß Kalormenen (und einige sprechende Tiere mit ihnen) aus allen Richtungen auf sie zurannten. Die beiden Männer waren lautlos gestorben. Die andern hatten gar nicht bemerkt, was geschehen war; aber nun wußten sie es. Die meisten hielten blanke Krummsäbel in den Händen.

»Schnell, auf meinen Rücken!« rief Kleinod.

Der König schwang sich auf seinen treuen Freund, der umdrehte und fortpreschte. Sobald sie von ihren Feinden nicht mehr gesehen werden konnten, wechselte Kleinod zwei- oder dreimal die Richtung und kreuzte auch einen Bach. Immer noch im selben Schritt, rief er: »Wohin jetzt, Sire? Nach Feeneden?«

»Halt, warte, mein Freund«, sagte Tirian. »Laß mich absteigen.« Und er glitt vom Rücken des Einhorns. »Kleinod«, klagte er, »wir haben etwas Schreckliches getan.«

»Man hat uns bis aufs Blut gereizt«, erwiderte Kleinod.

»Aber wir sind plötzlich auf sie eingesprungen, und sie waren ohne Waffen. Wir sind gemeine Mörder, und für immer entehrt.«

Kleinod ließ den Kopf hängen. Er schämte sich ebenfalls.

»Noch etwas«, sagte der König, »das Pferd meinte, alles sei Aslans Befehl. Von der Ratte hörten wir dasselbe. Alle sagen, Aslan ist hier. Wenn das nun wahr ist?«

»Aber, Majestät, wie könnte Aslan solche entsetzlichen Dinge anordnen?«

»Er ist kein *zahmer* Löwe«, meinte Tirian. »Wie sollen wir wissen, was er täte, wir, die wir Mörder sind? Kleinod, ich will umkehren. Ich will mein Schwert ablegen und mich selbst in die Hände dieser Kalormenen begeben. Sie sollen mich vor Aslan bringen, und er soll über mich Recht sprechen.«

»Das wird Euer Tod sein!« sagte Kleinod.

»Glaubst du, ich frage danach, wenn Aslan mich zum Tode verurteilt?« erwiderte der König. »Das macht mir nichts aus. Wäre es nicht besser, tot zu sein, als diese schreckliche Angst zu haben, daß Aslan zwar gekommen ist, aber nicht als der, an den wir geglaubt haben? Es ist, als ginge plötzlich eine schwarze Sonne auf.«

»Ich weiß«, sagte Kleinod. »Oder, als ob man Wasser trinken will, und das Wasser ist vertrocknet. Ihr habt recht, Majestät. Das ist das Ende aller Dinge. Wir sollten gehen und uns Aslan ausliefern.«

»Beide müssen wir nicht gehen.«

»Wenn wir jemals Freunde waren, dann laßt mich jetzt mit Euch gehen«, sagte das Einhorn. »Wenn Ihr tot seid, was bliebe mir vom Leben?«

Sie kehrten um und gingen weinend zurück.

Als sie zu der Stelle kamen, wo noch immer gearbeitet wurde, liefen ihnen schreiend die Kalormenen mit Waffen in den Händen entgegen. Aber der König hielt ihnen sein Schwert mit dem Griff hin und sprach:

»Ich, früher König von Narnia, jetzt aber Knecht, unterwerfe mich Aslans Urteil. Bringt mich zu ihm!«

»Für mich gilt das gleiche«, erklärte Kleinod.

Da stürzte sich die Menge auf die beiden und umzingelte sie. In den dunklen Gesichtern der Kalormenen blitzten die weißen Augäpfel bedrohlich. Dem Einhorn wurde ein Halfterriemen um den Nacken gelegt. Dem König entrissen sie das Schwert und banden ihm die Hände auf dem Rücken zusammen. Ein Kalormene, der statt des gewohnten Turbans einen Helm trug, wohl der Befehlshaber, riß den goldenen Stirnreif von Tirians Kopf und versteckte ihn hastig unter seinem Gewand. Sie führten die beiden Gefangenen bergauf zu einer großen Lichtung.

Hier, auf dem höchsten Punkt des Hügels, stand eine kleine strohgedeckte Hütte, eine Art Stall. Die Tür war geschlossen. Davor saß ein Affe im Gras. Tirian und Kleinod hatten gehofft, Aslan zu sehen. Von einem Affen hatten sie noch nichts gehört, und deshalb waren sie sehr erstaunt, als sie ihn sahen.

Der Affe war niemand anders als Listig, aber zehnmal häßlicher als früher am Kesselteich, denn er hatte sich herausgeputzt. Er trug eine scharlachrote Jacke, die ihm zu klein war, weil sie einem Zwerg gehörte. An seinen Hinterfüßen trug er gold- und edelsteinbesetzte Patoffeln. Sie paßten nicht, weil die Hinterpfoten eines Affen, wie man weiß, eigentlich wie Hände geformt sind. Auf dem Kopf trug Listig eine Papierkrone. Neben ihm lag ein großer Haufen Nüsse, und er schwitzte vor Eifer, um sie zu knacken und die Schalen auszuspucken. Natürlich krempelte er zwischendurch auch seine scharlachrote Jacke hoch und kratzte sich. Eine große Anzahl sprechender Tiere stand dabei und schaute ihm zu; fast jedes Gesicht sah besorgt und befremdet aus. Als sie merkten, wer die Gefangenen waren, seufzten und wimmerten sie.

»Edler Listig, Wortführer Aslans«, sagte der Befehlshaber der Kalormenen. »Wir bringen dir zwei Gefangene. Wir waren so geschickt und tapfer, und unser großer Gott Tash war uns gnädig, daß wir die beiden verwegenen Mörder lebend festnehmen konnten.«

»Gebt mir das Schwert dieses Mannes«, befahl der Affe. So händigten sie das Schwert des Königs mit allem Zubehör dem Affen aus. Er hängte es sich um den Hals und wirkte damit noch alberner.

»Später werden wir nach den beiden sehen«, erklärte der Affe und spuckte eine Nußschale zu den Gefangenen hinüber. »Ich habe jetzt Wichtigeres zu tun, sie können warten. Nun hört mal alle zu. Zuerst will ich über Nüsse sprechen. Wo steckt denn der Anführer der Eichhörnchen?«

»Hier, Sire«, rief ein rotes Eichhörnchen, kam vor und machte eine hastige Verbeugung.

»So, du bist es also?« fragte der Affe mit bösem Blick. »Nun gib acht. Ich brauche, das heißt, Aslan braucht noch mehr Nüsse. Die du da gebracht hast, sind bei weitem nicht genug. Du mußt mehr heranschaffen, hörst du? Zweimal soviel. Sie müssen morgen vor Sonnenuntergang hier liegen, und es dürfen keine schlechten dabei sein und keine kleinen.«

Ein bestürztes Murmeln kam aus der Reihe der Eichhörnchen. Ihr Anführer sagte mutig: »Bitte, könnte nicht Aslan selbst mit uns darüber sprechen? Oder dürfen wir ihn nicht sehen?«

»Nein, das wird euch nicht erlaubt«, kreischte der Affe. »Er wird so gnädig sein und heute abend ein paar Minuten herauskommen. Das ist schon mehr, als die meisten von euch verdienen. Dann werdet ihr ihn ja sehen. Aber er kann es nicht leiden, daß ihr euch alle um ihn schart und ihn mit Fragen belästigt. Alles, was ihr ihm sagen wollt, wird durch mich übermittelt – wenn ich glaube, daß man ihn damit behelligen darf. Inzwischen solltet ihr Eichhörnchen lieber gehen und Nüsse suchen. Sorgt dafür, daß sie morgen abend hier sind, sonst, auf mein Wort, sonst könnt ihr was erleben!«

Die armen Eichhörnchen hetzten los, als wären wilde Hunde hinter ihnen her. Das war ein schrecklicher Befehl für sie. Die Nüsse, die sie sorgsam für den Winter gehortet hatten, waren schon fast alle verzehrt. Von den wenigen, die geblieben waren, hatten sie dem gierigen Affen schon viel mehr gegeben, als sie erübrigen konnten.

Plötzlich hörte man die tiefe Stimme eines zottigen Bären. »Aber warum können wir Aslan jetzt nicht sehen? Wenn er früher in Narnia erschien, konnte jeder mit ihm sprechen, von Angesicht zu Angesicht.«

»Das glaubst du doch wohl selbst nicht«, sagte der Affe. »Aber, selbst wenn es so war, die Zeiten haben sich geändert. Aslan sagt, er sei früher viel zu sanft mit euch gewesen, versteht ihr? Sanft wird er nicht mehr sein. Diesmal wird er euch gehörig zurechtstutzen. Er wird euch den Gedanken, er sei ein zahmer Löwe, schon austreiben!«

Die Tiere ächzten und wimmerten leise. Danach trat tiefes Schweigen ein, was noch schlimmer war.

»Dann müßt ihr noch etwas anderes lernen«, sagte Listig. »Einige von euch behaupten, ich sei ein Affe, aber das bin ich nicht. Ich bin ein Mensch. Ich sehe wie ein Affe aus, weil ich so alt bin, schon Hunderte von Jahren alt. Und weil ich so alt bin, bin ich auch so weise. Und weil ich so weise bin, bin ich der einzige, mit dem Aslan überhaupt redet. Man kann ihn nicht damit belästigen, daß er zu einer Menge dummer Tiere sprechen soll. Er will nur mir sagen, was ihr zu tun habt, und ich werde es euch weitersagen. Nehmt meinen Rat an, seht zu, daß ihr es doppelt so schnell tut, denn er läßt nicht mit sich spaßen!«

Danach schwieg alles. Nur ein junger Dachs weinte, und seine Mutter versuchte ihn zu beruhigen.

»Und nun gibt es noch etwas«, fuhr der Affe fort und kaute eine frische Nuß, »ich höre, daß einige Pferde glauben, sie könnten die Arbeit der Holzfuhren so schnell wie möglich beenden, damit sie dann wieder frei sind. Diesen Gedanken müssen sie sich aus dem Kopf schlagen. Und nicht nur die Pferde allein. In Zukunft wird jeder arbeiten müssen. Das hat Aslan zusammen mit dem König der Kalormenen beschlossen – dem Tisroc, wie eure dunkelgesichtigen Freunde ihn nennen. Ihr Pferde, Ochsen und Esel, ihr werdet euer Leben lang zur Arbeit hinunter nach Kalormen geschickt – zum Ziehen und Schleppen, wie die Tiere in anderen Ländern auch. Auch die grabenden Tiere, die Maulwürfe und Kaninchen und dazu noch die Zwerge, werden in Tisrocs Bergwerken arbeiten.«

»Nein, nein, nein!« heulten die Tiere. »Das kann nicht wahr sein. Aslan verkauft uns nicht als Sklaven an den König von Kalormen.«

»Was soll denn das? Hört auf zu jammern!« knurrte der Affe. »Wer hat etwas von Sklaven gesagt? Ihr werdet keine Sklaven sein. Ihr werdet bezahlt. Ihr bekommt sogar einen sehr guten Lohn. Das heißt, euer Geld wird in Aslans Schatzkasse wandern, und er wird alles zu jedermanns Wohl verwenden.« Dann sah er den Befehlshaber der Kalormenen an und zwinkerte ihm zu.

Der Kalormene verbeugte sich und erwiderte in der prahlerischen Weise seiner Landsleute: »Kluger Wortführer des Aslan, der Allmächtige Tisroc (lang soll er leben!) ist bei diesem vernünftigen Plan ganz einer Meinung mit Euch.«

»Na also! Seht ihr!« sagte der Affe. »Es ist alles klug durchdacht zu eurem Wohl. Mit dem Geld, das ihr verdient, machen wir Narnia zu einem Land, in dem es sich zu leben lohnt. Da gibt es dann Orangen und Bananen im Überfluß – und Straßen, große Städte und Schulen und Büros, Peitschen und Maulkörbe, Sättel und Käfige, Zwinger und Gefängnisse und sonst noch vielerlei.«

»Aber diese Dinge brauchen wir doch nicht«, murrte ein alter Bär. »Wir wollen frei sein. Und wir wollen Aslan selbst sprechen hören.«

»Nun fangt nicht an, mißtrauisch zu werden«, sagte der Affe aufgebracht. »Das lasse ich nicht zu. Ich bin ein Mensch. Du aber bist nur ein fetter, törichter alter Bär. Was weißt du schon von Freiheit? Du denkst, Freiheit heißt, du kannst alles tun, was du willst. Da hast du dich aber geschnitten. Das ist keine wirkliche Freiheit. Wahre Freiheit heißt: Ihr müßt tun, was ich euch befehle.«

»H-n-n-ch«, grunzte der Bär und ließ seinen Kopf hängen. Die Dinge so zu sehen, verstand er nicht.

»Bitte, bitte«, sagte die hohe Stimme eines wolligen Lämmchens. Jeder staunte, daß ein so junges Tier überhaupt zu reden wagte.

»Was ist denn nun noch?« fragte der Affe. »Faß dich kurz.«

»Bitte«, sagte das Lämmchen, »ich verstehe das nicht. Was haben wir eigentlich mit den Leuten aus Kalormen zu tun? Wir gehören zu Aslan, die anderen gehören zu Tash. Dieser Gott Tash hat vier Arme und einen Geierkopf. Auf seinem Altar werden Menschen getötet. Wie kann der edle und freundliche Aslan mit dem bösen Tash befreundet sein?«

Da wandten alle Tiere ihre Köpfe, und ihre hellen Augen funkelten den Affen an. Sie wußten, das war die beste Antwort, die der Affe bisher bekommen hatte.

Wütend sprang Listig auf und bespuckte das Lämmchen. »Kindskopf!« zischte er. »Dummer kleiner Blöker! Geh heim zu deiner Mutter und trink deine Milch. Was verstehst du schon von solchen Dingen? Hört zu, hört alle zu! Tash ist nur ein anderer Name für Aslan. Die alte Meinung, daß wir Narnianen im Recht sind und die Kalormenen unrecht haben, ist töricht. Jetzt wissen wir es besser. Die Kalormenen gebrauchen andere Wörter, aber wir meinen alle dasselbe. Tash und Aslan sind nur zwei verschiedene Namen für ... ihr wißt, wen ich meine. Deshalb können sie auch nie Streit miteinander haben. Prägt euch das ein, ihr dummes Viehzeug: Tash ist Aslan, und Aslan ist Tash.«

Ihr wißt doch, wie traurig ein Hund einen manchmal anschaut. Die Gesichter jener sprechenden Tiere aber – all dieser redlichen, bescheidenen, erstaunten Vögel, Bären, Dachse, Kaninchen, Maulwürfe und Mäuse –, sie waren noch viel trauriger. Jeder Schwanz wurde eingezogen, jedes Schnurrbarthaar sträubte sich. Es hätte dir das Herz gebrochen, zu sehen, wie ungglücklich alle waren.

Nur ein Wesen sah nicht unglücklich aus: eine rötliche Katze – ein großer schwerer Kater im besten Alter – saß kerzengerade da, den Schwanz um die Pfoten gerollt, in der ersten Reihe der Tiere. Er hatte die ganze Zeit über den Affen und den Anführer der Männer aus Kalormen angestarrt und nicht einmal geblinzelt.

»Entschuldigt«, bat der Kater höflich, »aber das möchte ich doch gern wissen: Sagt euer Freund aus Kalormen dasselbe wie Ihr?«

»Sicher«, antwortete der Kalormene an seiner Stelle. »Der kluge Affe – ich wollte sagen Mensch – ist völlig im Recht. Aslan ist weder weniger noch mehr als Tash.«

»Aslan ist nicht mehr als Tash?« fragte der Kater.

»Durchaus nicht mehr«, versetzte der Kalormene und sah den Kater fest an.

»Genügt dir das, Rothaar?« fragte der Affe schadenfroh.

»Gewiß«, erwiderte Rothaar kühl. »Danke vielmals. Ich glaube, ich verstehe allmählich.«

Bis dahin hatten der König und Kleinod geschwiegen. Sie warteten ab, ob der Affe sie aufforderte zu reden. Sie dachten, es hätte keinen Zweck, ihn zu unterbrechen. Aber nun sah Tirian ringsum die bekümmerten Gesichter der Narnianen; er merkte, wie sie anfingen zu glauben, Aslan und Tash wären ein und derselbe. Das konnte er nicht länger ertragen.

»Affe«, schrie er laut, »du lügst, du lügst abscheulich. Du lügst wie ein Kalormene. Du lügst wie ein Affe!«

Er wollte fortfahren und fragen, wie der grausame Gott Tash, der sich vom Blut seines Volkes nährte, derselbe sein könnte wie der gute Löwe, der mit seinem Blut ganz Narnia schützte. Hätte man dem König erlaubt weiterzusprechen, so wäre die Herrschaft des Affen noch an diesem Tag zu Ende gewesen. Aber ehe Tirian noch mehr sagen konnte, schlugen ihn zwei Kalormenen mit voller Wucht auf den Mund, und ein dritter stieß ihm von hinten fast die Füße unter dem Leib weg. Und als der König fiel, befahl der Affe wütend:

»Nehmt ihn weg, nehmt ihn weg! Schafft ihn dahin, wo er weder uns noch wir ihn hören können. Bindet ihn dort an einen Baum. Ich werde – das heißt Aslan wird – ihm später ein gerechtes Urteil sprechen.«

Was in dieser Nacht geschah

Der König war ganz benommen von den Schlägen seiner Angreifer. Er wußte kaum, was geschah, bis die Kalormenen seine Handfesseln lösten und ihn mit dem Rücken an eine Esche stellten. Dann banden sie seine Füße und Knie, seinen Bauch, seine Brust und seine Arme an den Baum und ließen ihn allein.

Die kleinen Dinge sind oft am schwersten zu ertragen, und so störte es den König am meisten, daß seine Lippe blutete. Das kleine Blutgerinnsel kitzelte ihn, aber er konnte es nicht wegwischen.

Von dort, wo er angebunden stand, konnte er den kleinen Stall auf der Bergkuppe sehen und den Affen, der davorsaß. Er konnte gerade noch die Stimme des Affen hören und ab und zu auch einen Ruf aus der Menge, aber die Worte verstand er nicht.

Ich möchte wissen, was sie Kleinod wohl angetan haben, dachte der König.

Plötzlich begannen die Tiere aufzubrechen: sie gingen in verschiedene Richtungen davon. Einige kamen dicht bei Tirian vorbei. Sie blickten ihn an, als wären sie zugleich erschreckt und traurig darüber, daß er dort gefesselt stand. Aber kein Tier sprach. Bald waren alle gegangen, und es war totenstill im Wald. Stunde um Stunde verrann, und Tirian wurde zuerst sehr durstig und dann sehr hungrig. Als der Nachmittag sich so hinschleppte und in den Abend hinüberwechselte, wurde ihm auch kalt. Sein Rücken war wund. Die Sonne ging unter, und es begann zu dämmern.

Als es fast dunkel war, hörte Tirian ein leichtes Tripp-trapp von Füßen und sah ein paar kleine Gestalten auf sich zukommen: drei Mäuse zur Linken, in der Mitte ein Kaninchen, rechts zwei Maulwürfe. Sie trugen kleine Säcke auf dem Rücken, wodurch sie im Dunkeln merkwürdig genug aussahen. Tirian wußte zuerst nicht, was das wohl für Tiere sein mochten. Da stellten sie sich schon alle auf die Hinterfüße, legten ihre kalten Pfoten auf seine Knie und beschnüffelten ihn. (Sie konnten an seine Knie reichen, weil Narnias sprechende Tiere dieser Gattung größer sind als die stummen Tiere derselben Art in anderen Ländern.)

»Majestät, o Eure Majestät«, sagten sie mit piepsender Stimme, »wir sind so traurig! Wir können Euch nicht losbinden, weil dann Aslan vielleicht auf uns böse ist. Aber wir haben Euch etwas zum Abendessen mitgebracht.«

Die erste Maus kletterte behende hinauf, bis sie auf dem Strick saß, der Tirians Brust festband, und schob ihre stumpfe Nase vor das Gesicht des Königs. Dann kletterte die zweite Maus hoch und hängte sich genau unter die erste Maus. Die anderen Tiere standen auf der Erde und reichten ihnen einige Gegenstände hinauf.

»Trinkt, Majestät, dann merkt Ihr bestimmt, daß Ihr auch etwas essen könnt«, sagte die oberste Maus. Tirian spürte, daß man eine kleine hölzerne Tasse an seine Lippe hielt. Sie war nur so groß wie ein Eierbecher, so daß der König kaum den Wein darin geschmeckt hatte, als sie leer war. Aber dann reichte die Maus die Tasse zurück, die andern füllten sie von neuem, sie wurde wieder hochgereicht, und Tirian leerte sie ein zweites Mal. So fuhren sie fort, bis der König zu einem ganz ordentlichen Trunk gekommen war. In kleinen Mengen genossen ist solch ein Trunk auch viel besser, denn er löscht den Durst mehr als ein großer Schluck.

»Hier ist auch Käse, Sire«, sagte die erste Maus, »aber wenig, sonst bekommt Ihr zuviel Durst.« Nach dem Käse fütterten sie ihn mit Haferkuchen und frischer Butter und dann wieder mit etwas Wein.

»Nur reicht das Wasser herauf«, sagte die erste Maus, »ich will das Gesicht des Königs waschen, es klebt Blut daran.«

Tirian fühlte, wie sein Gesicht mit einem winzigen Schwamm abgetupft wurde, und das war sehr erfrischend.

»Meine kleinen Freunde«, sagte Tirian, »wie kann ich euch nur für alles danken?«

»Das braucht Ihr nicht, das braucht Ihr nicht«, piepsten die kleinen Stimmchen. »Was hätten wir sonst tun können? *Wir* wollen keinen anderen König. Wir sind Euer Volk. Wenn nur der Affe und die Kalormenen Eure Feinde wären, hätten wir gekämpft, bis man uns in Stücke gerissen hätte. Niemals hätten wir zugelassen, daß man Euch fesselt. Aber wir vermögen nichts gegen Aslan.«

»Glaubt ihr, es ist wirklich Aslan?« fragte der König.

»O ja, ja«, rief das Kaninchen. »Gestern nacht kam er aus dem Stall. Wir haben ihn alle gesehen.«

»Wie sah er denn aus?« fragte der König.

»Wie ein schrecklicher großer Löwe. Das ist sicher«, sagte eine der Mäuse.

»Und ihr glaubt wirklich, daß Aslan die Waldnymphen getötet und euch alle zu Sklaven des Königs von Kalormen gemacht hat?«

»Oh, das ist schlimm, nicht wahr?« sagte die zweite Maus. »Es wäre besser, wir wären gestorben, ehe das alles anfing. Aber es gibt keinen Zweifel. Alle sagen, daß es Aslans Befehl ist. Und wir haben ihn gesehen. Wir haben nicht geglaubt, daß Aslan so sein kann. Denn wir ... wir wollen doch, daß er nach Narnia zurückkehrt.«

»Er ist diesmal wohl sehr ärgerlich zurückgekommen«, sagte die erste Maus. »Wir müssen alle etwas schrecklich Unrechtes getan haben, ohne es zu wissen. Er will uns anscheinend für etwas bestrafen. Warum sagt man uns nicht, wofür?«

»Ich glaube, das, was wir jetzt tun, ist unrecht«, sagte das Kaninchen.

»Was kümmert mich das, ob es recht oder unrecht ist?« sagte einer der Maulwürfe. »Ich täte es immer wieder.«

Doch die andern sagten: »Sei nur vorsichtig«, und dann erklärten alle: »Es tut uns schrecklich leid, Majestät, aber wir müssen jetzt zurückgehen, sonst werden wir am Ende noch gefangen.«

»Geht nur, liebe Tiere«, sagte Tirian. »Keines von euch soll um meinetwillen in Gefahr geraten.«

»Gute Nacht, gute Nacht«, sagten die Tiere und rieben ihre Nasen an seinen Knien. »Wir kommen wieder – wenn wir können.« Dann trippelten sie davon, und der Wald schien noch dunkler, kälter und verlassener als zuvor.

Die Sterne kamen herauf, und die Zeit verging langsam, unvorstellbar langsam, während der letzte König von Narnia steif und wund und immer noch am Baum gefesselt dastand. Schließlich aber ereignete sich etwas.

Weit in der Ferne erschien ein rotes Licht. Dann verschwand es für einen Augenblick und kam wieder, größer und stärker. Jetzt konnte Tirian dunkle Schatten sehen, die auf dieser Seite des Lichts hin und her gingen, Lasten trugen und sie abwarfen. Nun wußte er, was er sah: ein frisch entzündetes Freudenfeuer. Das Volk warf ganze Bündel von Reisig hinein. Sofort loderte das Feuer auf, und Tirian konnte erkennen, daß es auf der Bergkuppe war. Er sah ganz genau den Stall dahinter, von der roten Glut voll beleuchtet, und eine Menge Tiere und Menschen zwischen dem Feuer und sich selbst.

Eine kleine Gestalt hockte am Feuer: der Affe. Er sagte etwas zu der Menge, aber der König verstand kein Sterbenswörtchen. Dann stand der Affe auf und verbeugte sich dreimal tief vor der Stalltür. Danach richtete er sich wieder auf und öffnete die Tür. Irgend etwas auf vier Füßen kam schwerfällig und steif aus dem Stall heraus, blieb vor der Menge stehen und starrte sie an.

»Aslan! Aslan! Aslan!« riefen die Tiere. »Sprich zu uns. Tröste uns. Sei nicht mehr böse auf uns.«

Von dort, wo Tirian stand, konnte er nicht klar erkennen, was für ein Ding das eigentlich war. Er sah nur eines: das Ding war gelb und behaart. Er hatte den Großen Löwen nie gesehen. Er hatte nicht einmal einen gewöhnlichen Löwen gesehen. Er war unsicher, ob das hier auch wirklich der richtige Aslan war. Er hatte nicht erwartet, daß Aslan aussah wie dieses Ding, das steifbeinig dastand und kein einziges Wort sprach. Aber wie konnte man denn sicher sein? Einen Augenblick lang kamen ihm schreckliche Gedanken, er erinnerte sich an den Unsinn, Tash und Aslan seien ein und derselbe, und er wußte, das Ganze war nur Betrügerei.

Der Affe legte den Kopf dicht an den Kopf des gelben Tieres, als höre er auf etwas, das ihm zugeflüstert wurde. Dann wandte er sich um und sprach zum Volk, und das Volk klagte wieder. Dann drehte sich das gelbe Ding schwerfällig um und ging – man kann fast sagen trottete – zurück in den Stall, und der Affe schloß die Tür hinter ihm. Danach mußte das Feuer gelöscht worden sein, denn das Licht verschwand ganz plötzlich, und Tirian war wieder umgeben von Kälte und Dunkelheit.

Er dachte an andere Könige, die in alten Zeiten in Narnia gelebt hatten und gestorben waren. Er dachte an den Urgroßvater seines Urgroßvaters, König Rilian. Als er noch ein junger Prinz war, hatte ihn eine Hexe gestohlen und jahrelang im Lande der Nördlichen Riesen versteckt gehalten. Aber alles wurde wieder gut. Plötzlich kamen zwei geheimnisvolle Kinder aus dem Lande jenseits vom Ende der Welt. Sie retteten Rilian, so daß er nach Narnia heimkehren konnte und dort noch viele Jahre lang glücklich regierte.

»Bei mir ist es nicht so«, sagte Tirian zu sich selbst. Dann dachte er noch weiter zurück, an Rilians Vater, Kaspian den Seefahrer. Dessen böser Onkel, König Miraz, versuchte ihn zu ermorden.

Kaspian aber floh in die Wälder und lebte dort bei den Zwergen. Auch diese Geschichte fand ein gutes Ende, denn auch Kaspian hatten Kinder geholfen. Nur waren es damals vier Kinder gewesen. Sie kamen von irgendwoher hinter dem Ende der Welt, schlugen eine Schlacht und setzten Kaspian auf seines Vaters Thron.
»Aber das ist alles schon so lange her«, sagte Tirian zu sich selbst. »So etwas kommt heute nicht wieder vor«. Und dann erinnerte er sich (er war als Schüler in Geschichte immer gut gewesen), daß diese vier Kinder, die einst Kaspian geholfen hatten, vor über tausend Jahren in Narnia gewesen waren und daß damals die merkwürdigsten Dinge geschahen. Die vier Kinder besiegten die schreckliche Weiße Hexe und beendeten den Hundertjährigen Winter, und danach regierten alle vier zusammen in Feeneden. Aus den Kindern waren große Könige und glückliche Königinnen geworden, und ihre Regierung war das Goldene Zeitalter von Narnia. Aslan kam oft in dieser Geschichte vor, auch in allen anderen Geschichten, wie sich Tirian jetzt erinnerte.
Aslan und die Kinder aus einer anderen Welt, dachte Tirian. In der Not konnte man sie wohl zu Hilfe rufen. Ach, wenn sie doch jetzt kämen!
Er rief laut: »Aslan! Aslan! Komm und hilf uns!«
Aber Dunkelheit, Kälte und Schweigen blieben wie zuvor.
»Laß mich für alle sterben!« rief der König. »Ich erbitte nichts für mich. Aber komm und errette ganz Narnia!«
Noch immer blieben die Nacht und der Wald unverändert, aber in Tirian selbst ging etwas vor: Er fühlte eine leise Hoffnung. »Oh, Aslan, Aslan«, flüsterte er. »Wenn du nicht selbst kommen willst, so schick mir doch dafür die Helfer aus dem Land jenseits der Welt. Oder laß mich sie rufen. Laß meine Stimme bis in das Land jenseits der Welt reichen.« Und dann rief er plötzlich, halb unbewußt, mit lauter Stimme:
»Kinder, Kinder! Freunde von Narnia! Schnell! Kommt zu mir! Über die Welten rufe ich euch, ich, Tirian, König von Narnia, Herr von Feeneden und Herrscher der Einsamen Inseln!«

Sogleich wurde er in einen Traum versetzt (*wenn* es ein Traum war), deutlicher als je sonst in seinem Leben.
Er stand in einem erleuchteten Raum. Sieben Leute saßen an einem Tisch, als ob sie eben ihre Mahlzeit beendet hätten. Zwei von ihnen waren sehr alt, ein Mann mit schlohweißem Bart und eine Frau mit klugen, fröhlich zwinkernden Augen. An der rechten Seite des alten Mannes saß ein junger Mensch, wohl noch jünger als Tirian. Sein Gesicht hatte schon den Ausdruck eines Königs und eines Kriegers. Fast das gleiche konnte man von dem anderen Jungen sagen, der rechts neben der alten Frau saß. Ein junges hellhaariges Mädchen ihnen gegenüber schaute Tirian lebhaft an. Rechts und links an ihrer Seite saßen ein Knabe und ein Mädchen, die jüngsten hier im Kreise. Alle waren, wie es Tirian schien, wunderlich und altmodisch gekleidet.
Aber Tirian hatte keine Zeit, über Einzelheiten nachzusinnen, denn in diesem Augenblick erhoben sich der jüngste Knabe und die beiden Mädchen. Irgendwer stieß einen kleinen Schrei aus. Die alte Frau stand auf und zog scharf ihren Atem ein. Auch der alte Mann bewegte sich plötzlich, und das Weinglas vor ihm wurde vom Tisch gefegt. Als es auf dem Fußboden zerbrach, hörte der König ein klingendes Geräusch.
Plötzlich erkannte Tirian, daß diese Leute ihn sehen konnten: sie starrten ihn an, als ob sie einen Geist erblickten. Der wie ein König wirkende junge Mensch zur Rechten des alten Mannes wurde blaß und preßte seine Hände fest zusammen. Dann sagte er:
»Sprich, wenn du kein Geist oder Traum bist. Du siehst aus wie ein Narniane. Wir sind die sieben Freunde von Narnia.«
Tirian wollte sprechen. Er versuchte laut aufzuschreien, daß er Tirian von Narnia sei und in großer Not um Hilfe bitte. Aber er spürte, daß seine Stimme versagte.
Der eine, der schon zu ihm gesprochen hatte, stand auf. »Schatten oder Geist oder was auch sonst«, sagte er und richtete seine Augen voll auf Tirian, »wenn du von Narnia kommst, befehle ich dir im Namen Aslans, sprich zu mir. Ich bin König Peter.«

Vor Tirians Augen begann der Raum zu verschwimmen. Er hörte alle sieben gleichzeitig sprechen und sah, wie sie mit jeder Sekunde blasser wurden. Sie sagten: »Schaut nur, es verschwindet. Es schmilzt weg. Es vergeht.« Im nächsten Augenblick war Tirian hellwach. Er war noch an den Baum gebunden, kälter und steifer denn je. Der Wald lag in dem bleichen, düsteren Licht, das vor Sonnenaufgang entsteht, und alles war durchtränkt von feuchtem Tau.

Dieses Erwachen war wohl der schlimmste Augenblick in seinem Leben.

Wie dem König geholfen wurde

Aber Tirians Elend währte nicht mehr lange. Es gab einen Knall und dann noch einen, und plötzlich standen zwei Kinder vor ihm. Eine Sekunde früher war der Wald noch ganz verlassen gewesen. Sicherlich kamen die Kinder nicht hinter Tirians Baum hervor, denn da hätte er sie doch gehört. Sie waren einfach da. Auf einen Blick sah er, daß sie dieselben seltsamen, dunkelfarbigen Kleider trugen wie die Leute in seinem Traum. Beim zweiten Blick bemerkte er, daß es der jüngste Knabe und das jüngste Mädchen aus der Runde der sieben Leute waren.

»Ach du lieber Schreck!« rief der Junge, »das nimmt einem ja den Atem. Ich dachte . . .«

»Schnell, binde ihn los«, sagte das Mädchen. »Wir können uns nachher unterhalten.« Dann fügte sie hinzu, indem sie sich an Tirian wandte: »Es tut mir leid, daß es so lange gedauert hat. Wir kamen, so schnell wir nur konnten.«

Während sie noch sprach, hatte der Junge ein Messer aus seiner Tasche hervorgeholt und schnitt schnell des Königs Fesseln durch, freilich zu schnell, denn des Königs Glieder waren so steif und taub geworden, daß er, als der letzte Strick durchgeschnitten

wurde, vorwärts auf Knie und Hände fiel. Er konnte erst wieder aufstehen, als durch tüchtiges Reiben etwas Leben in seine Beine zurückgekehrt war.
»Das warst du doch, nicht wahr«, erkundigte sich das Mädchen bei Tirian, »der bei uns an jenem Abend erschien, als wir alle beim Essen saßen? Fast vor einer Woche.«
»Eine Woche, schöne Maid?« fragte Tirian. »Mein Traum hat mich vor kaum zehn Minuten in eure Welt geführt.«
»Die übliche Zeitverschiebung, Jill«, sagte Eustachius.
»Jetzt erinnere ich mich«, sagte Tirian. »Das kommt auch in den alten Erzählungen immer wieder vor. Die Zeit in eurem seltsamen Land ist von der unseren verschieden. Aber wenn wir schon von Zeit sprechen: es ist an der Zeit, hier wegzukommen, denn meine Feinde sind in der Nähe. Wollt ihr mit mir gehen?«
»Gewiß«, erwiderte das Mädchen. »Wir kamen doch her, um dir zu helfen.«
Tirian sprang auf und führte sie eilig vom Stall weg den Hügel abwärts nach Süden. Er wußte, wohin es gehen sollte, aber zunächst trachtete er, auf felsiges Gebiet zu kommen, wo keine Spuren von ihnen zurückblieben. Sein zweites Ziel war: Wasser zu überqueren, damit man sie nicht wittern konnte. Das kostete sie ungefähr eine Stunde mit Herumklettern und Waten, und in dieser Zeit konnte keiner sprechen. Aber auch dabei beobachtete Tirian heimlich seine Gefährten. Das Wunder, von Geschöpfen aus einer anderen Welt begleitet zu werden, machte ihn etwas benommen. Die alten Geschichten erschienen ihm viel wirklicher als je zuvor, und er dachte, nun könnten auch Dinge geschehen, die er sonst für unmöglich gehalten hätte.
Sie kamen zu einem kleinen Tal, das vor ihnen zwischen jungen Birken hinunterführte. »Nun«, sagte Tirian, »sind wir für eine Weile außer Gefahr vor diesen Schurken.« Die Sonne war aufgegangen, Tautropfen schimmerten und Vögel sangen.
»Wie wär's mit etwas zu essen?« fragte der Junge. »Ich meine für Euch, Sire; wir beide haben unser Frühstück schon gegessen.«

Tirian wunderte sich sehr, was sie wohl mit »Frühstück« meinten. Aber als der Junge eine bauchige Tasche öffnete und daraus ein ziemlich fettiges Päckchen hervorzog, wußte Tirian Bescheid. Er hatte großen Hunger, obwohl es ihm bis jetzt nicht zu Bewußtsein gekommen war. Da gab es zwei Brote mit hartgekochten Eiern, zwei Käsebrote und zwei mit einer Art Fleischpastete. Wäre er nicht so hungrig gewesen, dann hätte er kaum nach Pasteten gegriffen. Die aß man nämlich in Narnia sonst nicht.

Als Tirian alle sechs Brote verzehrt hatte, waren sie auf dem Grund des Tales angekommen. Dort fanden sie einen moosigen Abhang, aus dem eine kleine Quelle hervorsprudelte. Alle drei tranken und kühlten ihre heißen Gesichter.

»Und nun«, sagte das Mädchen und strich ihr feuchtes Haar aus der Stirn zurück, »könntest du uns erzählen, wer du bist, warum man dich an einen Baum gebunden hat und was hier sonst noch los ist.«

»Gern, mein kleines Fräulein«, versetzte Tirian. »Aber wir können nicht hierbleiben.«

Während sie weitergingen, erzählte er ihnen, wer er war und was sich alles ereignet hatte. »Jetzt«, schloß er, »gehen wir zu einem bestimmten Turm, zu einem von den dreien, die zu meines Großvaters Zeiten gebaut wurden. Sie sollten das Laternendickicht vor gefährlichen Gesetzlosen schützen, die seinerzeit dort umherstreiften. Aslan hat mich hoffentlich davor bewahrt, daß man mich meiner Schlüssel beraubt hat. In diesem Turm werden wir eine Menge Waffen und Panzerhemden finden, aber auch einige Lebensmittel, in der Hauptsache trockenen Zwieback. Dort können wir in Ruhe unsere Pläne schmieden. Und nun, bitte, erzählt mir, wer ihr beide seid, erzählt mir eure ganze Geschichte.«

»Ich bin Eustachius Knilch, und das ist Jill Pole«, sagte der Junge. »Wir waren schon einmal hier, vor vielen, vielen Jahren, und da gab es einen Burschen, der hieß Prinz Rilian, und sie hielten diesen Burschen in den unteren Welten gefangen, und Tranpfützler . . .«

»Ha!« rief Tirian, »dann seid ihr jener Eustachius und jene Jill, die König Rilian aus seiner langen Verzauberung erlöst haben?«

»Ja, das sind wir«, sagte Jill. »Er ist also jetzt *König* Rilian, nicht wahr? Natürlich, er muß es sein. Ich vergaß . . .«

»Nein«, widersprach Tirian. »Ich bin der Siebente in Rilians Nachfolge. Er ist schon über zweihundert Jahre tot.«

Jill verzog das Gesicht. »Oh«, sagte sie, »das ist das wahrhaft Erschreckende an unserer Rückkehr nach Narnia.«

Aber jetzt fiel Eustachius ein: »So, nun wißt Ihr, wer wir sind, Sire. Und es war so: Der Professor und Tante Polly hatten alle Freunde von Narnia zusammengeholt . . .«

»Diese Namen kenne ich aber nicht«, sagte Tirian.

»Das sind die beiden, die zuallererst nach Narnia kamen, an dem Tage, als die Tiere sprechen lernten.«

»Bei der Mähne des Löwen!« rief Tirian. »Diese beiden meint ihr! Der Edle Digory und die Edle Polly! Vom Anbeginn der Welt! Und sie leben noch an eurem Ort? O Wunder und Verklärung! Aber erzählt weiter, erzählt nur!«

»Sie ist nicht unsere wirkliche Tante, müßt Ihr wissen«, sagte Eustachius. »Sie heißt Miss Plummer, aber wir nennen sie einfach Tante Polly. Nun, diese beiden holten uns alle zusammen, damit wir über Narnia plaudern konnten. Natürlich kann man mit anderen Menschen nicht über solche Dinge reden. Aber es gab noch einen anderen Grund. Der Professor fühlte nämlich, daß man uns hier in Narnia brauchte. Na, dann kamt Ihr herein wie ein Geist oder wer weiß was, erschrecktet uns fast zu Tode und verschwandet wieder, ohne ein Wort zu sagen. Wir aber wußten nun, daß etwas los war in Narnia. Die nächste Frage war, wie wir herkommen sollten. Man kann nicht einfach gehen, wenn man will. So redeten und redeten wir, und zuletzt meinte der Professor, der einzige Weg wäre der durch die Magischen Ringe. Durch diese Ringe waren er und Tante Polly nämlich vor langer, langer Zeit nach Narnia gekommen, als sie noch Kinder waren. Aber die Ringe lagen alle im Garten ihres alten Hauses in London vergraben (London ist unsere Hauptstadt, Sire), und das Haus war inzwischen verkauft worden. Wie konnte man zu den Ringen kommen? Ihr ahnt nicht, was wir schließlich taten! Edmund und Peter – das ist der Große König Peter, der zu Euch sprach – brachen nach London auf, um den Garten von der Rückseite zu betreten, früh am Morgen, bevor die Leute aufstanden. Peter und Edmund waren als Arbeiter verkleidet, die angeblich etwas an den Wasserrohren zu reparieren hatten. Wäre ich doch dabeigewesen, es war sicher ein herrlicher Spaß! Der Streich muß ihnen schon am nächsten Tag gelungen sein, denn Peter schickte uns ein Telegramm – das ist eine Art Botschaft, Sire, ich werde es Euch ein andermal erklären. Dieses Telegramm meldete uns, sie hätten die Ringe gefunden. Vierundzwanzig Stunden später, am Tag von Peter und Paul, mußte ich wieder zur Schule gehen. Nur wir beide gehen noch zur Schule; wir sind in der gleichen Klasse und gleich alt. Wir wollten uns mit Peter und Edmund an einer bestimmten Stelle auf dem Schulweg treffen, da sollten sie uns die Ringe übergeben. Wir beide waren auserwählt, nach Narnia zu gehen, weil die älteren nicht mehr dorthin zurückkehren können. Wir stiegen also in den Zug. Ein Zug, das ist ein besonderes Ding, in dem Menschen unserer Welt reisen: eine Menge aneinandergeketteter Wagen, wißt Ihr. Der Professor und Tante Polly und Lucy fuhren mit uns. Wir saßen also alle fünf im Zug. Als wir zu der Haltestelle kamen, an der wir Edmund und Peter treffen sollten, schaute ich aus dem Fenster, um nach ihnen zu sehen. Da gab es plötzlich einen schrecklichen Ruck und einen furchtbaren Lärm, und auf einmal waren wir beide in Narnia.«

»So brauchtet ihr die Ringe gar nicht?« fragte Tirian.

»Nein«, sagte Eustachius. »Wir sahen sie nicht einmal. Aslan tat alles für uns in seiner eigenen Weise, ohne irgendwelche Ringe.«

»Aber der Große König Peter hat sie doch«, sagte Tirian.

»Ja«, sagte Jill, »aber wir glauben nicht, daß er sie gebrauchen kann. Als König Edmund und Königin Lucy zuletzt in Narnia waren, hat Aslan ihnen erklärt, sie könnten nie mehr wiederkommen. Früher schon hat Aslan etwas Ähnliches zu dem Großen König

Peter gesagt. Peter käme blitzschnell hierher, aber er darf nicht.«
»Es wird heiß in der Sonne. Sind wir bald da, Sire?« fragte Eustachius.
»Schaut«, sagte Tirian und zeigte hinüber. Wenige Meter vor ihnen stiegen graue Zinnen über den Baumwipfeln auf, und als sie eine Minute länger gegangen waren, kamen sie auf eine große Wiese. Hier floß ein Bach, und auf der anderen Seite des Baches stand ein gedrungener, viereckiger Turm mit wenigen schmalen Fenstern und einem wuchtigen Tor in der Mauer.
Tirian sah sich überall genau um, ob keine Feinde in Sicht waren. Dann ging er zum Turm, stand einen Augenblick still und fischte seinen Schlüsselbund hervor. Er trug ihn innerhalb seines Jagdgewandes an einer schmalen Silberkette um den Hals. Das war ein hübsches Bündel Schlüssel: zwei aus Gold und viele reich verziert. Man konnte sofort erkennen, daß die Schlüssel dazu bestimmt waren, feierliche oder geheimnisvolle Räume in Palästen zu öffnen oder Truhen und Kästchen aus wohlriechendem Holz, die königliche Schätze enthielten. Aber der Schlüssel, den Tirian hier in das Schlüsselloch der Tür steckte, war groß und ohne Zierat. Das Schloß war verrostet, und Tirian fürchtete schon, der Schlüssel ließe sich nicht umdrehen. Aber es ging doch, und die Tür sprang auf, mit mürrischem Knarren.
»Willkommen, Freunde!« rief Tirian. »Es tut mir leid, aber das ist der beste Palast, den der König von Narnia seinen Gästen anbieten kann.«
Tatsächlich war es nicht besonders hübsch hier. Es war etwas finster und roch muffig. Der Palast bestand nur aus einem Raum, der bis oben zum Steindach reichte. Eine hölzerne Treppe in der Ecke führte zu einer Falltür hinauf, durch die man auf die Zinnen gelangen konnte. Es gab ein paar einfache Betten zum Schlafen, eine Anzahl Schränke und eine Menge Waffen in Schutzhüllen. Auch ein Herd war vorhanden, dem man es ansah, daß jahrelang niemand ein Feuer darauf angezündet hatte.

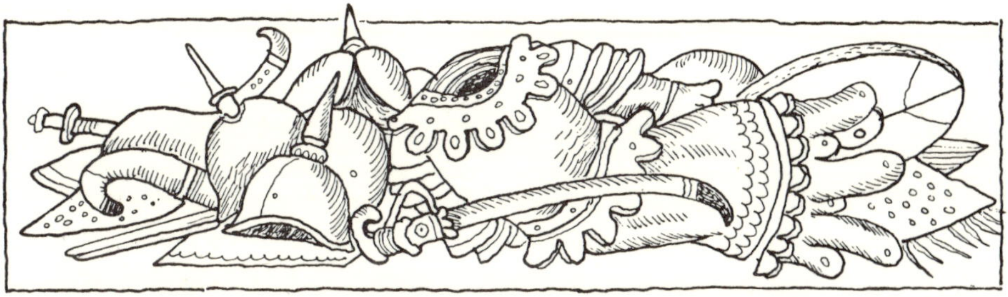

»Sollen wir nicht lieber erst hinausgehen und Feuerholz sammeln?« fragte Jill.

»Noch nicht«, sagte Tirian. Er wollte nicht, daß sie unbewaffnet blieben, und begann die Schränke zu durchsuchen. Er prüfte jeweils einmal im Jahr sehr sorgfältig diese Besatzungstürme, ob sie auch mit allen notwendigen Dingen gefüllt waren. Es fehlte nicht an Bogen und Pfeilen in Schutzhüllen aus geölter Seide, die Schwerter und Speere waren gegen Rost eingefettet und die Rüstungen in ihren Umhüllungen blank geblieben. Aber noch etwas Besseres war vorhanden.

»Schaut her!« sagte Tirian, als er ein langes Panzerhemd mit seltsamen Mustern hervorzog und es vor den Augen der Kinder blinken ließ.

»Das ist aber ein komischer Panzer, Sire«, sagte Eustachius.

»Ach, Junge«, entgegnete Tirian. »Kein Zwerg aus Narnia hat ihn geschmiedet. Dieses ausländische Zeug stammt aus Kalormen. Ich habe immer ein paar Panzer bereit. Man weiß ja nie, wann meine Freunde oder ich unerkannt Tisrocs Land besuchen wollen. Schaut euch diese Steinflasche an. Darin ist ein Saft, der, auf unseren Händen und Gesichtern verrieben, uns dunkel macht wie echte Kalormenen.«

»Hurra!« rief Jill. »Verkleidung! Ich liebe Maskeraden.«

Tirian zeigte ihnen, wie sie etwas von dem Saft auf ihre Handflächen gießen und es dann gut auf Gesicht und Hals verreiben mußten, ganz herunter bis über die Schultern und dann auf ihre Hände bis hinauf zu den Ellbogen. Er machte es selbst auch so.

»Wenn der Saft erhärtet ist«, sagte Tirian, »dürfen wir uns waschen, nichts wird sich verändern. Öl und Asche werden uns wieder zu weißen Narnianen machen. Und nun, liebste Jill, laß uns sehen, wie dir dieses Panzerhemd paßt. Es ist etwas zu lang, doch nicht soviel, wie ich befürchtet habe. Es gehörte wohl einem Edelknaben ihrer großen Herren, den Tarkaanen.«

Nach den Panzerhemden probierten sie kalormenische Helme auf, die – klein und rund – dicht auf dem Kopf sitzen und an der Spitze einen Dorn haben. Dann nahm Tirian lange Rollen weißen Stoffes aus einem Schrank und wickelte sie über die Helme, bis es Turbane wurden; aber der kleine Stahldorn steckte noch oben in der Mitte. Tirian und Eustachius nahmen gebogene kalormenische Schwerter und kleine runde Schilde. Es gab kein Schwert, das leicht genug für Jill war, aber es fand sich ein langes, gerades Jagdmesser, das zur Not als Schwert dienen konnte.

»Versteht du etwas vom Bogenschießen, Mädchen?« fragte Tirian.

»Reden wir lieber nicht davon«, sagte Jill errötend. »Eustachius versteht mehr davon.«

»Glaubt ihr nicht, Majestät«, entgegnete Eustachius. »Wir mußten beide oft das Bogenschießen üben, seitdem wir zum letzten Mal aus Narnia zurückkehrten. Jill schießt jetzt etwa so gut wie ich. Besonders gut schießen wir allerdings beide nicht.«

Tirian gab Jill einen Bogen und einen Köcher voller Pfeile. Zunächst aber mußten sie ein Feuer anzünden. Im Innern des Turmes fühlte man sich mehr in einem Käfig als in einem Wohnraum, und es konnte einen ganz schön frösteln. Aber beim Holzsammeln wurde ihnen warm – die Sonne stand zu dieser Zeit am höchsten –, und als dann die Flamme im Kamin loderte, sah der Ort ganz freundlich aus.

Das Mittagessen war etwas eintönig, denn von dem harten Zwieback aus einem Schrank konnten sie nur Stücke zerstampfen und sie als Brei mit Salz in Wasser kochen. Zu trinken gab es nichts anderes als reines Wasser.

»Hatten wir doch ein Päckchen Tee mitgebracht«, sagte Jill.

»Oder eine Büchse Kakao«, meinte Eustachius.

»Ein Fäßchen mit gutem Wein in jedem Turm wäre auch kein Fehler gewesen«, sagte Tirian.

Etwa vier Stunden später legte sich Tirian in eines der Betten, um ein bißchen Schlaf zu erhaschen. Die beiden Kinder schnarchten schon. Tirian hatte sie früher zu Bett geschickt, damit sie in der Nacht wach bleiben konnten. In ihrem Alter brauchten sie eben viel Schlaf.

Tirian hatte sie auch rechtschaffen müde gemacht. Zuerst hatte er Jill das Bogenschießen gezeigt, und dann hatte er sie fleißig üben lassen. Das Höchstmaß der Narnianen erreichte sie zwar nicht, aber ihre Leistungen waren doch recht gut. Es war ihr gelungen, ein Kaninchen zu schießen. Kein sprechendes Kaninchen natürlich; von der gewöhnlichen Art gibt es in der Westlichen Mark eine ganze Menge. Dieses erlegte Kaninchen war inzwischen gehäutet, ausgeweidet und aufgehängt worden. Tirian hatte bemerkt, daß die beiden Kinder über diese schmutzige und übelriechende Arbeit gut Bescheid wußten. Sie hatten sie gründlich kennengelernt auf ihrer großen Reise durch das Land der Riesen zur Zeit des Prinzen Rilian.

Dann hatte Tirian versucht, Eustachius beizubringen, wie er mit Schwert und Schild umgehen mußte. Bei seinen früheren Abenteuern hatte Eustachius das Fechten mit dem Schwert gelernt, aber nur mit einem geraden narnianischen Schwert. Mit einem kalomenischen Krummschwert hatte er noch nie gefochten. Das behinderte die Übungen, denn viele Schwertstreiche sind ganz verschieden. Einige Techniken, die Eustachius beim Gebrauch des langen narnianischen Schwertes erlernt hatte, mußte er sich jetzt sogar wieder abgewöhnen. Tirian fand, daß Eustachius ein gutes Auge hatte und seine Füße rasch bewegen konnte. Er war erstaunt über die Kraft der beiden Kinder; sie schienen viel stärker, größer und erwachsener zu sein als ein paar Stunden früher bei ihrer Ankunft in Narnia. Das war eine Wirkung, welche die Luft von Narnia oft bei Besuchern aus unserer Welt zeitigte.

Alle drei stimmten überein, daß sie zuerst zum Stall auf dem Hügel zurückgehen mußten, um das Einhorn zu retten. Falls sie Erfolg hatten, wollten sie später nach Osten ziehen und das kleine Heer treffen, das Klughuf der Zentaur von Feeneden holen sollte.

Ein erfahrener Krieger und Jäger wie Tirian kann immer zu der Zeit aufwachen, die er wünscht. So ließ er sich bis neun Uhr abends Zeit, dann aber schlug er sich alle Sorgen aus dem Kopf und schlief sofort ein. Als er aufwachte, meinte er, es sei nur einen Augenblick später. Doch am Licht und dem richtigen Gefühl für alle Dinge erkannte er, daß er seine Schlafenszeit genau eingehalten hatte. Tirian erhob sich, setzte seinen Helmturban auf (er hatte im Panzerhemd geschlafen) und rüttelte dann Jill und Eustachius, bis sie sich rührten. Als sie aus dem Bett kletterten, sahen sie grau und elend aus, und sie gähnten gewaltig.

»Jetzt«, sagte Tirian, »gehen wir von hier aus genau nach Norden. Wenn wir Glück haben, gibt es eine sternklare Nacht, dann wird unsere Reise kürzer sein als die heute morgen. Da machten wir nämlich einen Umweg, aber jetzt gehen wir geradeaus. Ruft uns jemand an, so seid beide still. Ich werde mir Mühe geben und so sprechen wie ein höchnäsiger kalormenischer Edelmann. Wenn ich mein Schwert zücke, Eustachius, dann mußt du es ebenso machen. Jill hinter uns soll mit einem Pfeil an der Sehne bereitstehen. Aber wenn ich rufe ›zurück!‹, dann flieht ihr beide zum Turm. Wenn ich den Befehl zum Rückzug gegeben habe, darf keiner mehr weiterkämpfen, kein Hieb oder Stoß mehr! Falsche Tapferkeit hat im Krieg die besten Pläne verdorben. Nun vorwärts, Freunde, im Namen Aslans!«

Hinaus ging es in die kalte Nacht. Die großen nördlichen Sterne leuchteten über den Wipfeln der Bäume. Der Nordstern jener Welt, die »Speerspitze«, ist heller als unser Polarstern.

Eine Zeitlang konnten sie geradewegs auf die »Speerspitze« zugehen. Aber bald bogen sie von ihrem Weg ab und ließen ein dichtes Gebüsch links liegen. Auf dem waldigen Weg hatten sie Mühe, die alte Richtung wieder aufzunehmen. Aber Jill fand sich zurecht, denn sie war eine sehr gute Pfadfinderin. Natürlich kannte sie auch die Sterne von Narnia genau, weil sie damals viel in die Nördlichen Marken gereist war. Sie konnte die Richtung sogar durch andere Sterne ermitteln, wenn die »Speerspitze« verborgen war. Als Tirian erkannte, was für eine gute Pfadfinderin Jill war, schickte er sie voraus. Er war erstaunt, wie leise und fast unsichtbar sie ihnen den Weg bahnte.

»Bei der Mähne des Löwen!« flüsterte er Eustachius zu. »Jill ist ein wunderbares Waldmädchen. Wenn sie Dryadenblut in ihren Adern fließen hätte, könnte sie es kaum besser machen.«

»Sie ist so klein, das hilft«, wisperte Eustachius. Aber Jill flüsterte zurück: »Pst, leiser!«

Der Wald um sie herum war still, fast zu ruhig. In einer gewöhnlichen Nacht in Narnia müssen Geräusche zu hören sein: gelegentlich das heitere »Gute Nacht« eines Igels, der Schrei einer Eule von oben, vielleicht eine Flöte von fern, die vom Tanz der Faune erzählt, oder das unterirdische Klopfen und Hämmern von Zwergen. Das alles aber war verstummt; Schwermut und Furcht lagen über Narnia.

Nach einiger Zeit stieg der Weg steil an, und die Bäume standen weit auseinander. Tirian konnte undeutlich den wohlbekannten Berggipfel und den Stall erkennen. Jill ging nur mit größter Vorsicht weiter. Mit der Hand gab sie den andern Zeichen, sie sollten dasselbe tun. Dann stand sie totenstill, und Tirian sah sie allmählich ins Gras sinken und ohne einen Laut verschwinden.

Etwas später erhob sie sich wieder, legte ihren Mund dicht an Tirians Ohr und sagte so leise wie möglich: »Legt euch hin, dann könnt ihr gut ssehen.« Sie sagte ssehen mit zwei s am Anfang, nicht, weil sie mit der Zunge anstieß, sondern weil sie wußte, daß der zischende Buchstabe S Teil eines Flüsterns ist, das man gerade noch hören kann. Tirian legte sich sofort nieder, nicht ganz so leise wie Jill, denn er war älter und schwerer.

Sobald sie im Gras lagen, sah Tirian, wie von dieser Stelle aus die Kante des Berges sich scharf vom sternbesäten Himmel abhob.

Zwei schwarze Formen waren deutlich zu erkennen: die eine war der Stall, und etwas abseits, einen halben Meter davor, sahen sie eine kalormenische Schildwache. Aber es war eine schlechte Wache: Der Posten stand nicht da, er ging auch nicht auf und ab, sondern saß mit seinem Speer über der Schulter und mit dem Kinn auf der Brust.

»Gut gemacht«, sagte Tirian zu Jill. Sie hatte ihm genau das gezeigt, was er sehen wollte.

Sie standen auf, und nun übernahm Tirian die Führung. Sie wagten kaum zu atmen und setzten langsam ihren Weg fort bis zu einer kleinen Baumgruppe, etwas von dem Wachtposten entfernt.

»Wartet hier, bis ich wiederkomme«, flüsterte Tirian den beiden zu. »Wenn es mir mißlingt, dann müßt ihr fliehen.«

Er ging kühn auf den feindlichen Wachtposten zu. Der Mann stutzte, als er Tirian sah, und wollte gerade aufspringen. Er fürchtete, Tirian könne einer seiner eigenen Offiziere sein, so daß er Unannehmlichkeiten bekommen könnte, weil er auf der Erde saß. Aber ehe er sich noch hochrappeln konnte, war Tirian schon auf ein Knie neben ihn gefallen und sagte:

»Bist du ein Krieger Tisrocs? Es beglückt mein Herz, unter all diesen Bösewichten von Narnianen dich zu treffen. Gib mir deine Hand, mein Freund!«

Bevor der kalormenische Wachtposten noch richtig wußte, was ihm geschah, wurde seine rechte Hand mit mächtigem Griff gepackt. Im nächsten Augenblick kniete schon jemand auf seinen Beinen, und ein Dolch wurde gegen seinen Hals gedrückt.

»Keinen Laut, oder du bist tot«, wisperte Tirian in sein Ohr. »Sag mir, wo das Einhorn ist, und du bleibst am Leben.«

»Hi – hinter dem Stall, Euer Gnaden«, stammelte der Unglückliche.

»Gut, steh auf und führ mich zu ihm.«

Während der Mann aufstand, blieb die Dolchspitze an seinem Hals. Sie glitt nur herum, kalt und kitzlig, als Tirian hinter den

Wachtposten trat und sie an einer geeigneten Stelle unter dem Ohr ansetzte. Schlotternd vor Angst lief der Mann zur Rückseite des Stalles.

Obwohl es dunkel war, erkannte Tirian sofort die weiße Gestalt: Kleinod, das Einhorn.

»Pst!« sagte er. »Nein, wiehere nicht! Ja, Kleinod, ich bin es. Wie haben sie dich angebunden?«

»An allen vier Füßen und mit einem Zügel im Ring an der Stallwand«, kam Kleinods Stimme.

»Stell dich hierher, Wache«, befahl Tirian, »mit dem Rücken zur Wand. So. Nun, Kleinod, setz dem Kalormenen die Spitze deines Horns auf die Brust.«

»Gern, Majestät«, sagte Kleinod.

»Wenn er sich bewegt, stich ihm ins Herz!« Dann zerschnitt Tirian in wenigen Sekunden die Stricke. Mit den Überresten fesselte er den Wachtposten an Händen und Füßen. Seinen geöffneten Mund stopfte er mit Gras voll. Dann band er den Mann vom Scheitel bis zur Sohle fest, so daß er keinen Laut mehr von sich geben konnte, und setzte ihn an die Wand.

»Ich bin etwas unhöflich zu dir gewesen, tapferer Krieger«, sagte Tirian. »Aber das war auch nötig. Wenn wir uns wieder treffen sollten, werde ich dich vielleicht etwas besser behandeln. Nun, Kleinod, laß uns gehen, aber leise.«

Er legte seinen linken Arm um den Hals des Tieres, beugte sich vor und küßte es auf die Nase, und beide freuten sich. So still wie möglich gingen sie zu dem Platz zurück, wo Jill und Eustachius warteten. Unter den Bäumen war es schon dunkler, und Tirian rannte fast gegen Eustachius, bevor er ihn überhaupt sah.

»Alles in Ordnung«, flüsterte Tirian, »ganze Arbeit in einer guten Nacht. Jetzt nichts wie heim.«

Sie wandten sich und waren schon ein paar Schritte gegangen, als Eustachius fragte: »Wo bist du denn, Jill?«

Keine Antwort. »Ist sie nicht an Eurer Seite, Sire?«

»Was?« rief Tirian. »Ich dachte, sie ginge mit dir.«

Es war ein schrecklicher Augenblick. Sie wagten nicht zu rufen, aber sie wisperten Jills Namen in den lautesten Flüstertönen, die sie hervorbringen konnten. Es kam keine Antwort.

»Ist sie denn fortgegangen, während ich weg war?« fragte Tirian.

»Ich habe nicht gehört und nicht gesehen, daß sie wegging«, erklärte Eustachius. »Aber möglich wäre es, denn sie kann so leise sein wie eine Katze, das habt Ihr ja schon selbst bemerkt.«

In diesem Augenblick waren von weither Trommelschläge zu hören. Kleinod bewegte seine Ohren. »Zwerge«, sagte er kurz.

»Wahrscheinlich verräterische Zwerge, also Feinde«, murmelte Tirian.

»Und jetzt nähert sich jemand auf Hufen«, stellte Kleinod fest.

Die beiden Menschen und das Einhorn standen mäuschenstill. Es gab so vieles, worüber man sich Sorgen machen mußte, deshalb wußten sie nicht recht, was sie tun sollten. Das Geräusch der Hufe kam ständig näher. Plötzlich flüsterte eine Stimme ganz nah bei ihnen:

»Hallo! Seid ihr alle da?«

Dem Himmel sei Dank, es war Jill.

»Wo, zum Kuckuck, bist du denn gewesen?« fragte Eustachius wütend, denn er hatte große Angst um sie gehabt.

»Im Stall«, japste Jill. Aber das war diese Art von Japsen, wenn man mit unterdrücktem Lachen kämpfen muß.

»So«, brummte Eustachius, »das findest du noch spaßig, was? Na, ich kann dir sagen . . .«

»Habt Ihr Kleinod befreit, Sire?« fragte Jill.

»Ja, hier ist er. Aber was bedeutet das fremde Tier an deiner Seite?«

»Das ist *er*«, antwotete Jill. »Aber laßt uns schnell heimgehen, bevor irgend jemand aufwacht.« Dann mußte sie wieder lachen, wenn auch ganz unterdrückt.

Die anderen gehorchten auf der Stelle, denn sie hatten schon lange genug an diesem gefährlichen Ort gezögert, und die Trommeln der Zwerge schienen immer näher zu kommen. Kaum waren sie einige Minuten lang nach Süden gewandert, fragte Eustachius:

»*Er?* Was meinst du damit?«

»Der falsche Aslan.«

»Was?« rief Tirian. »Wo bist du gewesen? Was hast du getan?«

»Es war so, Sire«, sagte Jill. »Ich sah, daß Ihr die Wache aus dem Weg räumen wolltet. Da dachte ich, es lohne sich, einen Blick in den Stall zu werfen. Ich wollte wissen, was darin steckte. So kroch ich hinüber. Es war wirklich ganz leicht, den Riegel aufzuschieben. Natürlich war es drinnen pechschwarz, und es roch wie in jedem anderen Stall. Ich machte Licht, und – Ihr werdet es kaum glauben – nichts weiter war darin als dieser alte Esel, eingewickelt in ein Stück Löwenhaut. So zog ich mein Messer und sagte ihm, er müßte mitkommen. Eigentlich hätte ich ihn überhaupt nicht mit dem Messer zu bedrohen brauchen. Er hatte den Stall gründlich satt und war gleich bereit mitzukommen, nicht wahr, lieber Wirrkopf?«

»Potzblitz und Donner!« sagte Eustachius. »Noch vor ein paar Minuten war ich sehr böse auf dich. Ich dachte, du hättest ohne uns wegschleichen wollen. Aber nun muß ich doch zugeben: Was du getan hast, war großartig. Wenn Jill ein Junge wäre, müßte man sie zum Ritter schlagen, nicht wahr, Majestät?«

»Wenn sie ein Junge wäre«, erwiderte Tirian, »müßte man sie bestrafen wegen Ungehorsams und Mißachtung von Befehlen.«

Im Dunkeln konnte niemand erkennen, ob er das mit einem Stirnrunzeln oder mit einem Lächeln sagte. In der nächsten Minute aber hörte man ein Geräusch von kratzendem Metall.

»Was tut Ihr da, Majestät?« fragte Kleinod scharf.

»Ich ziehe mein Schwert, um dem verdammten Esel den Kopf abzuschlagen«, antwortete Tirian mit schrecklicher Stimme. »Steh still, Mädchen.«

»Oh, tut das nicht, bitte, tut das nicht!« flehte Jill. »Wirklich, das dürft Ihr nicht. Es war nicht seine Schuld. Es war allein der Affe. Der Esel wußte es nicht besser. Er ist sehr traurig. Und er ist ein hübscher Esel. Er heißt Wirrkopf. Schlagt nicht, denn ich habe meine Arme um seinen Hals gelegt.«

»Jill«, sagte Tirian, »du bist die tapferste und weiseste Person von all meinen Leuten, aber auch die naseweiseste und ungehorsamste. Gut, der Esel bleibt am Leben. Was sagst du dazu, Esel?«

»Ich, Majestät?« kam des Esels Stimme. »Es tut mir von Herzen leid, daß ich Unrecht getan habe. Der Affe sagte, Aslan will, daß ich mich so verkleide, Ich glaubte, Listig müßte das genau wissen. Ich bin nicht so klug wie er. Ich tat nur, was mir befohlen wurde. Es war gewiß kein Spaß für mich, in dem Stall zu leben. Ich weiß nicht einmal, was draußen geschehen ist. Er ließ mich nie heraus, nur nachts ein oder zwei Minuten. Einige Tage lang vergaßen sie auch, mir Wasser zu geben.«

»Majestät«, sagte Kleinod, »die Zwerge kommen immer näher. Wollen wir ihnen begegnen?«

Tirian dachte einen Augenblick nach und lachte plötzlich laut auf. Dann sprach er, diesmal nicht flüsternd: »Bei der Mähne des Löwen, mir geht allmählich ein Licht auf. Den Zwergen begegnen? Aber natürlich. Wir wollen jetzt jedem begegnen. Wir müssen ihnen diesen Esel zeigen. Sie sollen sehen, wovor sie sich gefürchtet haben und wem sie gehorchten. Sie sollen den nichtswürdigen Anschlag des Affen in seiner ganzen Wahrheit erkennen. Sein Geheimnis ist gelüftet. Das Blatt hat sich gewendet. Morgen werden wir den Affen an den höchsten Baum in Narnia hängen. Kein Flüstern mehr, kein Verstecken und Verkleiden. Wo sind diese ehrlichen Zwerge? Wir haben gute Nachricht für sie.«

Wenn man stundenlang geflüstert hat, wirkt der bloße Klang einer lauten Stimme wunderbar aufregend. Die ganze Gesellschaft fing an zu schwatzen und zu lachen. Sogar der Esel hob den Kopf und ließ ein lautes iah – iah vernehmen. Das hatte ihm der Affe tagelang nicht erlaubt. Dann setzten sie sich in Richtung der lärmenden Trommeln in Bewegung.

Das Trommeln schwoll ständig an, und bald konnten sie auch Fakkelschein sehen. Sie kamen auf einer holperigen Straße heraus (anderswo wird so etwas keineswegs Straße genannt), die durch das Laternendickicht führte. Auf dieser Straße schritten etwa dreißig Zwerge rüstig voran, alle mit kleinen Spaten und Beilen über den Schultern. Zwei bewaffnete Kalormenen führten die Gruppe, zwei andere bildeten die Nachhut.

»Halt!« donnerte Tirian, als er auf die Straße trat. »Halt, ihr Soldaten! Warum und auf wessen Befehl führt ihr diese Zwerge von Narnia fort?«

Ärger mit den Zwergen

Die beiden kalormenischen Soldaten an der Spitze des Trupps hielten Tirian für einen Tarkaan, für einen großen Herrn mit zwei bewaffneten Edelknaben. Sie blieben stehen und erhoben ihre Speere zum Gruß.

»O mein Herr und Meister«, sagte der eine Soldat, »wir führen diese kleinen Männer nach Kalormen zur Arbeit in die Bergwerke des Tisroc, lang soll er leben!«

»Beim großen Gott Tash, das sind wirklich folgsame, unterwürfige Leute«, meinte Tirian. Doch dann wandte er sich plötzlich an die Zwerge. Jeder sechste etwa trug eine Fackel. Bei dem flackernden Licht konnte man ihre bärtigen Gesichter sehen, alle blickten grimmig und verbissen drein. »Ihr Zwerge«, sprach er sie an, »hat der Tisroc eine große Schlacht gewonnen und euer Land erobert, daß ihr euch wie geduldige Schafe in den Salzgruben von Pugrahan zu Tode schinden sollt?«

Überrascht starrten die beiden Sodaten den König an. Die Zwerge jedoch erwiderten: »Alles geschieht auf Aslans Befehl. Er hat uns verkauft. Was können wir gegen *ihn* ausrichten?«

»Tisroc ist schuld«, fügte einer hinzu und spuckte aus. »Der soll's nur versuchen, uns fertigzumachen!«

»Schweig, du Hund!« rief der Anführer.

»Schaut her!« sagte Tirian und zog Wirrkopf, den Esel, ins Licht. »Alles nur Lüge! Aslan ist überhaupt nicht nach Narnia gekommen. Der Affe hat euch betrogen. Dieses Ding da holte er aus dem Stall und gab es als Aslan aus. Schaut es euch nur gut an.«

Was die Zwerge sahen, mußte ihnen eigentlich beweisen, wie schändlich man sie betrogen hatte. Die Löwenhaut war während Wirrkopfs langer Gefangenschaft im Stall schon unansehnlich geworden und krumm gebeutelt auf seiner Reise durch den Wald. Der größte Teil der Haut hing in einem dicken Klumpen auf seiner Schulter. Der Löwenkopf, seitlich ziemlich abgestoßen, war weit zurückgerutscht, so daß man das sanfte Eselsgesicht gut erkennen konnte. Etwas Gras steckte noch in seinem Maul, denn Wirrkopf hatte still für sich geknabbert, als sie ihn herbrachten. Er murmelte: »Es war nicht meine Schuld, ich bin nicht klug. Das habe ich nie behauptet.«

Einen Augenblick lang starrten alle Zwerge mit weit geöffnetem Mund auf den Esel. Dann sagte der eine Soldat in scharfem Ton: »Seid Ihr verrückt, Herr und Meister? Was wollt Ihr von den Sklaven?« Und der andere fragte: »Wer seid Ihr?« Nun waren die Speere nicht mehr zum Gruß erhoben, sondern zum Angriff bereit. »Nennt das Losungswort!« forderte der Anführer Tirian auf.

»Da hast du mein Losungswort«, erwiderte der König und zog sein Schwert. »Das Licht kommt herauf, die Lüge ist offenbar. Hütet euch, Schurken, denn ich bin Tirian, König von Narnia.«

Schnell wie ein Blitz streckte er den ersten Soldaten nieder. Eustachius war dem Beispiel des Königs gefolgt. Mit gezogenem Schwert stürzte er sich auf den anderen Soldaten. Was ihm Tirian am Nachmittag beizubringen versucht hatte, war völlig vergessen. Doch er hatte das Glück mancher Anfänger. Wild hieb er um sich, und zu seiner eigenen Überraschung sah er plötzlich den Kalormenen tot zu seinen Füßen liegen.

Der König rief: »Los, auf die beiden anderen!«

Aber das war nicht mehr nötig. Die Zwerge hatten die beiden übrigen Kalormenen bereits erledigt.

»Gut gehalten, Eustachius!« rief Tirian und schlug ihm wohlwollend auf die Schulter. »Nun, Zwerge, seid ihr frei. Morgen sollt ihr unter meiner Führung ganz Narnia befreien. Ein dreifaches Hoch auf Aslan!«
Aber das Echo auf diese Worte war schwach. Etwa fünf Zwerge stimmten zu, mehrere knurrten verdrießlich, die übrigen sagten gar nichts.
»Versteht ihr nicht?« fragte Jill ungeduldig. »Was ist denn mit euch los? Hört ihr nicht, was der König sagt? Der ganze Spuk ist vorbei. Der Affe wird nicht länger Narnia beherrschen. Jeder kann frei und ohne Sorgen wieder heimkehren. Ihr könnt wieder lustig sein. Seid ihr nicht froh?«
Nach einer Pause von fast einer Minute fragte ein häßlich aussehender Zwerg mit Haar und Bart so schwarz wie Ruß: »Wer bist denn du, kleines Fäulein?«
»Ich bin Jill«, erwiderte sie. »Dieselbe Jill, die König Rilian vom bösen Zauber befreite, und das ist Eustachius, der mir dabei half. Wir sind nach vielen hundert Jahren aus einer anderen Welt zurückgekommen. Aslan hat uns geschickt.«
Die Zwerge sahen einander an, nicht erfreut, sondern mit höhnischem Lächeln.
»So, so!« sagte ein schwarzer Zwerg namens Griffel, »ich weiß nicht, was meine Freunde davon halten. Aber ich habe nun so viel über Aslan gehört, daß ich für den Rest meines Lebens genug habe.«
»Jawohl, so geht es uns auch«, brummten die anderen Zwerge. »Und nun will man uns von neuem beschwindeln.«
»Was meint ihr damit?« fragte Tirian. Als er gegen seine Widersacher kämpfte, war er nicht blaß geworden, aber jetzt war er totenbleich. Er hatte geglaubt, das müßte ein wunderschöner Augenblick werden, statt dessen schien es als böser Traum zu enden.
»Wir denken langsam, aber um so gründlicher«, erklärte Griffel. »Wir sind einmal übers Ohr gehauen worden, und nun erwartest du, daß wir uns im nächsten Augenblick wieder übertölpeln lassen.

Wir können keine Geschichten mehr über Aslan hören. Schaut ihn euch an, den alten Esel mit den langen Ohren!«

»Himmel, ihr macht mich noch verrückt«, sagte Tirian. »Wer behauptet denn, *das* sei Aslan? Damit will doch nur der Affe den wirklichen Aslan nachahmen. Versteht ihr das denn nicht?«

»Und du willst uns eine bessere Nachahmung anbieten, nicht wahr?« sagte Griffel. »Nein, danke vielmals. Wir sind einmal zum Narren gehalten worden, ein zweites Mal lassen wir uns nicht hintergehen.«

»Ich habe keine Nachahmung anzubieten«, sagte Tirian ärgerlich, »ich diene dem wirklichen Aslan.«

»Wo ist er denn? Wer ist es? Zeig ihn uns doch!« riefen mehrere Zwerge.

»Glaubt ihr Narren etwa, ich hielte ihn in meiner Tasche verborgen?« antwortete Tirian. »Wer bin ich denn, daß ich Aslan so ohne weiteres erscheinen lassen könnte? Er ist kein zahmer Löwe.«

Im gleichen Augenblick merkte Tirian, daß seine Worte falsch ausgelegt wurden. In höhnischem Singsang wiederholten die Zwerge: »Kein zahmer Löwe, kein zahmer Löwe.« Und einer sagte: »Davon haben uns ja auch die anderen dauernd erzählt.«

»Ihr glaubt also nicht an den wirklichen Aslan?« fragte Jill. »Ich habe ihn doch gesehen. Er hat uns nach Narnia geschickt, aus einer anderen Welt hierher.«

»Aha«, sagte Griffel mit breitem Lächeln. »Das behauptest du. Deine Lehrer haben dir etwas Schönes beigebracht. Nun sagst du brav deine Aufgaben her, nicht wahr?«

»Flegel!« schrie Tirian, »willst du eine Dame als Lügnerin hinstellen?«

»Bleibt nur hübsch höflich, mein Herr«, versetzte der Zwerg. »Wenn Ihr wirklich Tirian seid, dem Ihr nicht im geringsten ähnelt. Wir brauchen weder Könige noch irgendwelche Aslans. Wir werden von jetzt an nur mehr uns selbst achten und vor niemandem den Hut ziehen, versteht Ihr?«

»So ist es«, sagten die anderen Zwerge. »Wir sind selbständig ge-

worden. Kein Aslan mehr, keine Könige und keine albernen Märchen mehr von fremden Welten. Zwerge sind für Zwerge.«
Dann ordneten sie sich zum Rückmarsch, dahin, woher sie gekommen waren.
»Ihr kleinen Biester!« schimpfte Eustachius. »Wollt ihr euch nicht wenigstens dafür bedanken, daß wir euch vor den Salzgruben bewahrt haben?«
»Oh, wir wissen Bescheid«, erklärte Griffel über die Schulter hinweg. »Ihr wolltet uns für euch haben und uns ausnutzen, darum habt ihr uns gerettet. Treibt nur euer Spiel allein. Kommt weiter, Freunde!«
Die Zwerge stimmten ein munteres Marschlied an, und unter Trommelschlag schritten sie in die Dunkelheit.
Tirian und seine Freunde starrten ihnen nach. Dann sagte der König: »Kommt!«, und auch sie setzten ihren Weg fort.
Sie waren eine schweigsame Gesellschaft. Wirrkopf fühlte sich noch in Ungnade, außerdem verstand er nicht genau, was eigentlich geschehen war. Jill hatte sich sehr über die Zwerge geärgert. Sie war aber auch beeindruckt von Eustachius' Sieg über den kalormenischen Soldaten und empfand nun eine gewisse Hochachtung für ihn. Was Eustachius betrifft, so schlug sein Herz noch immer aufgeregt.
Tirian und Kleinod schritten traurig hinterher. Der König hatte seinen Arm auf die Schulter des Einhorns gelegt, und Kleinod schnüffelte hin und wieder mit seiner weichen Nase an der Wange des Königs. Es wäre ihnen schwergefallen, etwas Tröstliches mit Worten auszudrücken. Als der Affe einen falschen Aslan einsetzte, hatte Tirian nicht im Traum daran gedacht, daß das Volk nun nicht mehr an den richtigen Aslan glauben wollte. Er hatte gemeint, die Zwerge ständen auf seiner Seite, wenn er ihnen zeigte, wie sie betrogen worden waren. In der folgenden Nacht hätte er sie sowieso auf den Stallberg geführt und Wirrkopf dann allen gezeigt. Vielleicht noch ein Handgemenge mit den Kalormenen, dann wäre das ganze Trauerspiel für immer vorbei gewesen. Aber

nun konnte Tirian nicht mehr damit rechnen. Ob sich die anderen Narnianen nicht ebenso verhielten wie die Zwerge?

»Ich glaube, jemand folgt uns«, sagte Wirrkopf plötzlich.

Sie hielten an und lauschten. Wirrkopf hatte richtig gehört, hinter ihnen klang das Trapptrapp kleiner Füße.

»Wer kommt da?« rief der König.

»Nur ich, Majestät«, sprach eine Stimme. »Ich, Poggin, der Zwerg. Ich kam noch glücklich von den anderen weg. Ich bin auf Eurer Seite, Majestät, und auf der Aslans. Wenn Ihr mir ein kleines Schwert in die Hand gebt, will ich mich gern für die richtige Seite einsetzen.«

Alle hießen Poggin herzlich willkommen, lobten ihn und klopften ihm auf den Rücken. Natürlich konnte ein einziger Zwerg nichts an der ganzen Sache ändern, aber es war schon erfreulich, eine Hilfe mehr zu haben. Die ganze Gesellschaft lebte auf. Aber Jill und Eustachius blieben nicht lange in diesem Zustand: sie gähnten allmählich aus vollem Hals und waren zu müde, um noch an etwas anderes als ans Bett zu denken.

In der kältesten Stunde der Nacht, kurz vor der Morgendämmerung, kamen sie zu ihrem Turm zurück. Hätte dort eine Mahlzeit für sie bereitgestanden, so hätten sie sich froh ans Essen gemacht, aber sie scheuten Mühe und Zeit, noch etwas zuzubereiten. So tranken sie aus dem Bach, besprühten ihre Gesichter mit Wasser und taumelten in ihre Betten. Wirrkopf und Kleinod allerdings meinten, sie hätten es draußen bequemer. Mit einem Einhorn und einem dicken, ausgewachsenen Esel wäre der kleine Raum ohnehin überfüllt gewesen.

Die narnianischen Zwerge, obwohl kaum einen Meter zwanzig groß, sind die zähesten und stärksten Geschöpfe ihrer Art. Kein Wunder, daß Poggin trotz eines schweren Tages und einer langen Nacht völlig erfrischt vor den anderen erwachte. Er griff sofort nach Jills Bogen, ging hinaus und schoß ein paar Wildtauben. Dann setzte er sich hin, rupfte sie auf der Türschwelle und plauderte mit Wirrkopf und Kleinod. Der Esel sah an diesem Morgen weit besser aus und fühlte sich auch so. Kleinod, eines der edelsten und taktvollsten Tiere, war sehr freundlich zu Wirrkopf. Sie sprachen über Dinge, die sie gemeinsam angingen und beide verstanden, wie etwa Gras und Zucker und die Sorge um die Hufe.

Jill und Eustachius kamen um halb elf aus dem Turm, sie gähnten und rieben sich die Augen. Der Zwerg zeigte ihnen die Stelle, wo sie eine Menge von dem »Narnianischen Kraut« sammeln konnten, das fast wie unser Waldsauerampfer aussieht, aber ein gut Teil besser schmeckt, wenn es gekocht wird. Freilich braucht man dazu ein bißchen Butter und Pfeffer, aber das hatten sie nicht. Doch mit ein paar anderen Zutaten bereiteten sie einen großartigen Eintopf.

Tirian war mit einer Axt etwas weiter in den Wald hineingegangen und hatte einige Zweige zum Feuermachen mitgebracht. Das Essen kochte endlos, wie es schien, besonders da es immer besser duftete. In der Zwischenzeit suchte der König noch eine vollständige Ausstattung für Poggin: Panzerhemd, Helm, Schild, Schwert, Brustriemen und Dolch. Dann prüfte er das Schwert von Eustachius und stellte fest, daß der es nach dem Tode des Kalormenen blutbefleckt in die Scheide zurückgesteckt hatte. Eustachius wurde dafür getadelt und mußte das Schwert säubern und blankputzen.

Jill lief geschäftig hin und her. Sie rührte im Topf und blickte neidisch auf den Esel und das Einhorn, die zufrieden grasten. Viel lieber hätte sie auf die lästige Kocherei verzichtet und einfach auch Gras gefuttert.

Aber als das Essen schließlich fertig war, fand jeder, es hätte sich doch gelohnt, darauf zu warten. Nachdem jeder so viel gegessen hatte, wie er nur konnte, setzten sich die drei Menschen und der Zwerg auf die Türschwelle. Die Vierfüßler legten sich hin und blickten in die Runde. Der Zwerg zündete sich geruhsam eine Pfeife an (mit Erlaubnis von Jill und Tirian), und der König sagte: »Nun, Freund Poggin, du weißt sicher mehr vom Feind als wir. Erzähl uns doch, was für eine Lügengeschichte sie aus meiner Flucht gemacht haben.«

»Eine ganz tolle Geschichte, Majestät, haben sich die Feinde da

ausgedacht«, erklärte Poggin. »Der Kater Rothaar hat sie erzählt und höchstwahrscheinlich auch etwas ausgeschmückt. Dieser Rothaar, Majestät, der pfiffigste und schlauste aller Kater, sagte, er sei an dem Baum vorbeigekommen, wo jene Schufte Eure Majestät gefesselt hatten. Und er sagte, Ihr hättet ganz furchtbar gebrüllt und geflucht und Aslan verwünscht, in einer Sprache, die ich nicht wiederholen möchte. Dabei verhielt sich Rothaar ruhig und gesittet; Ihr kennt ja die feine Art, die solche Katzen an den Tag legen, wenn es ihnen so gefällt. Dann, erzählte Rothaar, sei Aslan plötzlich in einem Blitz erschienen und hätte Eure Majestät mit einem Biß verschlungen. Bei diesem Bericht haben alle Tiere gezittert, und einige fielen in Ohnmacht. Das nutzte der Affe natürlich aus. Er rief: ›Da seht ihr, was Aslan mit denen tut, die ihn nicht achten. Laßt euch das eine Warnung sein.‹ Und die armen Geschöpfe jammerten und sagten zu allem: ›Ja, ja!‹ Die Flucht hat Eurer Majestät also keine treuen Freunde gewonnen, die uns helfen wollen. Alle sind nur noch ängstlicher geworden und dem Affen gehorsam.«
»Was für eine üble Verdrehungskunst!« sagte Tirian. »Dieser Rothaar ist also ein besonderer Freund im Rate des Affen.«
»Es ist noch die Frage, ob der Affe nicht etwa zu den Räten des Katers gehört«, entgegnete der Zwerg. »Der Affe hat sich dem Trunk ergeben. Ich glaube, die Verschwörung gegen Euch wird mehr von Rothaar geführt oder von Rishda – das ist ein kalormenischer Hauptmann. Ich denke, daß die Stimmung, die Rothaar unter den Zwergen verbreitet hat, schuld ist an dem bösen Empfang, den sie Euch machten. Ich will auch sagen, warum. Eines jener fürchterlichen Mitternachtstreffen war gerade in der vorletzten Nacht zu Ende gegangen, und ich war schon auf dem Heimweg. Da merkte ich, daß ich meine Pfeife zurückgelassen hatte. Ein wirklich gutes Stück, das ich ungern entbehre, und so ging ich zurück, um sie zu holen. Aber ehe ich an den Platz kam, an dem ich gesessen hatte (es war dort ziemlich finster), hörte ich das Miauen einer Katze und die Stimme eines Kalormenen ›hier‹ antworten, mit der Mahnung, ›sprich leise‹. Ich stand gleich still wie

angewurzelt. Die beiden waren Rothaar und Rishda Tarkaan, wie sie ihn nennen. ›Edler Tarkaan‹, sprach der Kater mit seidenweicher Stimme. ›Ich wollte nur genau wissen, was wir heute beide wegen Aslan meinten. Aslan ist also nicht mehr als Tash?‹ – ›Zweifellos, scharfsinnigster aller Kater‹, bestätigte der andere, ›du hast meine Meinung erraten.‹ – ›Du meinst doch‹, fragte Rothaar, ›solche Wesen wie Aslan und Tash gibt es überhaupt nicht?‹ – ›Wer aufgeklärt ist, weiß das auch‹, erwiderte der Tarkaan. – ›Dann verstehen wir einander‹, schnurrte der Kater. ›Bist du nicht auch des Affen ein bißchen überdrüssig geworden?‹ – ›Ein einfältiges, gefräßiges Vieh‹, sagte der andere, ›aber vorerst brauchen wir ihn noch. Wir beide müssen im geheimen vorsorgen und dem Affen unseren Willen aufzwingen.‹ – ›Es wäre gut‹, sagte Rothaar, ›einige der am meisten aufgeklärten Narnianen in unseren Rat aufzunehmen, einen nach dem anderen, wie wir sie für geeignet halten. Denn die Tiere, die wirklich an Aslan glauben, können sich jeden Augenblick wandeln und werden es tun, wenn der Affe in seiner Torheit sein Geheimnis verrät. Aber es gibt auch einige, die sich weder um Tash noch um Aslan kümmern, sondern nur ihren eigenen Vorteil im Auge haben. Die warten auf eine Belohnung von Tisroc, wenn Narnia eine kalormenische Provinz ist, und bleiben natürlich hart.‹ – ›Ausgezeichnet, du kluger Kater‹, lobte ihn der Hauptmann. ›Aber wähl die in Frage Kommenden sorgsam aus.‹«

Während der Zwerg noch sprach, schien sich der Himmel zu verändern. Es war sonnig gewesen, als sie sich niedersetzten. Nun begann Wirrkopf zu zittern. Mißtrauisch hob Kleinod den Kopf. Auch Jill sah auf.

»Es kommen Wolken«, sagte sie.

»Kalt ist es«, meinte Wirrkopf und schüttelte sich.

»Und wie kalt, bei der Mähne des Löwen!« rief Tirian und blies in die Hände, »und pfui, was für ein widerlicher Geruch!«

»Pfui!« japste Eustachius. »Das riecht nach Verwesung. Liegt hier in der Nähe vielleicht ein toter Vogel? Aber haben wir das nicht schon früher gemerkt?«

Mühsam sprang Kleinod auf und deutete mit seinem Horn in Richtung der Bäume.
»Seht nur!« rief er. »Seht dort, seht, seht!«
Da erblickten alle sechs, zu Tode erschrocken, etwas Grauenhaftes.

Welche Nachricht der Adler brachte

Im Schatten der Bäume gegenüber der Lichtung bewegte sich etwas sehr langsam. Auf den ersten Blick konnte man es für Rauch halten, für grauen, durchsichtigen Rauch. Aber der Totengeruch war kein Rauchgeruch. Auch behielt das rätselhafte Ding seine Gestalt, anstatt zu wogen und sich zu kräuseln. Es hatte annähernd die Gestalt eines Mannes, aber den Kopf eines Vogels, irgendeines Raubvogels mit einem grausamen, gebogenen Schnabel. Es hatte vier Arme, die es hoch über seinem Kopf hielt und nach Norden ausstreckte, als ob es ganz Narnia mit einem einzigen Griff an sich reißen wollte. Seine Finger – alle zwanzig – waren gebogen wie ein Schnabel und hatten anstelle von Nägeln lange, zugespitzte Vogelkrallen. Anstatt zu gehen, schwebte das Ungeheuer über das Gras, und das Gras schien unter ihm zu verdorren.
Als der Esel die scheußliche Gestalt sah, stieß er einen gellenden Schrei aus und stürzte in den Turm. Sogar Jill, die kein Feigling war, schlug die Hände vor das Gesicht, um diesen Anblick zu vergessen. Die anderen konnten das seltsame Ding nur kurz betrachten. Es schwebte zwischen die dichtstehenden Bäume und verschwand. Dann kam die Sonne wieder hervor, und die Vögel begannen von neuem zu singen.
Langsam atmeten alle wieder leichter und wagten sich zu bewegen.
»Was war denn das?« fragte Eustachius flüsternd.

»Ich habe es früher schon einmal gesehen«, sagte Tirian. »Aber damals war es in Stein geschnitten, mit Gold ausgelegt und hatte echte Diamanten als Augen. Ich war nicht älter als du und Gast an Tisrocs Hof. Er nahm mich in den großen Tempel des Tash mit. Dort sah ich es über dem Altar eingemeißelt.«

»Dann war das – das schreckliche Wesen am Ende Tash selbst?« fragte Eustachius.

Statt zu antworten, legte Tirian den Arm um Jills Schulter und fragte: »Wie geht es, mein Fräulein?«

»Ganz . . . ganz gut«, sagte Jill, nahm die Hände von ihrem blassen Gesicht und versuchte zu lächeln. »Mir geht es gut. Es hat mich nur für einen Augenblick durcheinandergebracht.«

»Es scheint also«, sagte das Einhorn, »daß es Tash wirklich gibt.«

Der Zwerg nickte. »Dieser Narr von einem Affen, der nicht an Tash glaubt, wird noch sein blaues Wunder erleben. Er hat Tash gerufen – und Tash ist gekommen.«

»Wo ist denn – wo ist das gräßliche Ding hin?« fragte Jill.

»Nach Norden, ins Herz von Narnia«, sagte Tirian, »um sich bei uns niederzulassen. Sie haben es gerufen, und es ist gekommen.«

»Ho, hoho!« kicherte der Zwerg in sich hinein und rieb seine dunkelbehaarten Hände. »Das wird eine schöne Überraschung für den Affen. So ein Kerl sollte nicht nach bösen Geistern rufen, wenn es ihm nicht ernst ist.«

»Wer weiß, ob Tash sich dem Affen überhaupt zeigt«, warf Kleinod ein.

»Wo steckt denn Wirrkopf?« fragte Eustachius plötzlich.

Sie riefen den Esel. Jill ging um den Turm herum zur anderen Seite. Sie wollte nachsehen, ob sich Wirrkopf vielleicht dort versteckt hatte. Und richtig: Da lugte ein großer grauer Kopf vorsichtig aus dem Türspalt, und der Esel fragte: »Ist das gräßliche Ding endlich weg?« Es war schwer, ihn aus dem Turm herauszulocken. Er zitterte noch immer wie ein Hund vor einem Gewitter.

»Ich war wirklich ein ganz böser Esel«, gestand Wirrkopf. »Niemals hätte ich auf Listig hören sollen! Wer konnte aber auch ahnen, daß das solche Folgen hat.«

»Hättest du doch nicht immer gesagt, ich bin nicht klug, und statt dessen versucht, so klug zu sein, wie du nur irgend konntest . . .«, fiel Eustachius ein, aber Jill unterbrach ihn.

»Laß doch den armen alten Wirrkopf in Ruhe«, sagte sie. »Das war doch alles ein Irrtum, nicht wahr, Wirrkopf?«

Der Schrecken steckte zwar noch in ihren Gliedern, aber sie setzten sich wieder und fuhren in ihrem Gespräch fort.

Kleinod hatte ihnen wenig zu erzählen. Während seiner Gefangenschaft war er fast immer an der Rückwand des Stalles angebunden gewesen und hatte nichts von den Plänen der Feinde gehört. Er hatte genug Fußtritte bekommen (und hatte einige Male zurückgetreten). Man hatte Kleinod geschlagen und gedroht, ihn zu töten. Er hatte nicht glauben wollen, daß es Aslan war, den man aus dem Stall herausgebracht und jede Nacht im Schein des Feuers vorgezeigt hatte. Das Einhorn hätte an diesem Morgen den Tod finden sollen und war gerade noch im letzten Moment befreit worden. Was mit dem vorlauten Lamm geschehen war, wußte Kleinod nicht.

Sie fragten sich, was zu tun sei. Sollten sie in dieser Nacht wieder auf den Stallberg gehen? Man könnte Wirrkopf, den Esel, vorzeigen und damit der Menge beweisen, wie man sie betrogen hatte. Oder sollten sie sich lieber davonschleichen? Sie könnten sich mit Klughuf, dem Zentauren, treffen, der aus Feeneden Hilfskräfte heranholte, um gemeinsam gegen den Affen und die Kalormenen zu kämpfen.

Tirian war für den ersten Plan. Er wollte keinen Augenblick länger zulassen, daß der Affe das Volk unterdrückte. Die Art, wie die Zwerge sich letzte Nacht benommen hatten, war eine deutliche Warnung. Wie mochte das Volk es aufnehmen, wenn er ihm Wirrkopf zeigte? Und dann mußte man noch mit den kalormenischen Soldaten rechnen. Poggin meinte, es wären etwa dreißig. Tirian glaubte sicher, wenn die Narnianen sich alle auf seine Seite stellten, könnten er und Kleinod, Jill, Eustachius und Poggin (Wirrkopf zählte ja nicht mit) die Kalormenen besiegen. Aber wie, wenn die Hälfte der Narnianen – alle Zwerge eingeschlossen – untätig blieben und nicht am Kampf teilnahmen? Oder wenn sie sogar gegen ihn kämpften? Das Wagnis war zu groß. Und was war mit Tash? Was würde er tun?

Außerdem, so meinte Poggin, konnte man den Affen mit seinen eigenen Schwierigkeiten ruhig ein oder zwei Tage allein lassen. Er hatte jetzt keinen Wirrkopf mehr im Stall, um ihn als Aslan auszugeben. Deshalb mußten Listig oder Rothaar eine neue Geschichte erfinden, und das war nicht leicht. Wenn die Tiere Nacht für Nacht Aslan sehen wollten und kein Aslan kam, mußten sogar die Dümmsten mißtrauisch werden.

Schließlich waren alle dafür, daß man sich mit Klughuf traf. Als sie sich endlich entschieden hatten, wurde jedem froher zumute. Man fühlt sich immer wohler, wenn man sich über etwas klargeworden ist.

Tirian meinte, sie sollten nun ihre Verkleidung ablegen. Sie wollten ja nicht mehr für Kalormenen gehalten und vielleicht von einigen treuen Narnianen angegriffen werden, denen sie begegneten. Der Zwerg machte eine abscheulich aussehende Mischung aus Herdasche und Schmiere zurecht. Dann nahmen sie ihre kalormenischen Waffen ab und gingen zum Fluß hinunter. Die widerliche Mischung bildete überraschenderweise einen ordentlichen Schaum wie milde Seife. Welch ein erfreulicher und friedlicher Anblick. Tirian und Jill und Eustachius knieten am Wasser, schrubbten sich Rücken und Hals oder prusteten und bliesen, wenn sie den Seifenschaum abspülten. Dann kehrten sie mit geröteten, glänzenden Gesichtern zum Turm zurück und sahen nett aus – wie Leute, die sich vor einem Fest ganz besonders gut gewaschen haben. Sie bewaffneten sich wie echte Narnianen mit geraden Schwertern und dreieckigen Schilden.

»Das finde ich besser«, sagte Tirian. »Ich fühle mich wieder als ehrlicher Mann.«

Wirrkopf bat flehentlich, ihm doch endlich das lästige Löwenfell abzunehmen. Er sagte, es sei zu heiß und in der Art, wie es auf seinem Rücken hinge, verrutscht und zerknittert, wäre es ihm unbequem; außerdem sehe er damit ganz albern aus. Aber sie erklärten ihm, daß er es noch eine Weile tragen müsse, weil sie ihn den anderen Tieren zeigen wollten. Zuerst aber wollten sie Klughuf treffen.

Von dem Tauben- und Kaninchenfleisch war kaum etwas übriggeblieben, deshalb aßen sie etwas Zwieback. Dann verschloß Tirian die Turmtür.

Kurz nach zwei Uhr nachmittags brachen sie auf. Es war der erste wirklich warme Frühlingstag. Alles sproß viel stärker als am vorhergehenden Tag. Es gab keine Schneespuren mehr, und Schlüsselblumen lugten vereinzelt aus der Erde. Die Sonne fiel schräg durch die Bäume, Vögel sangen, und immer hörten sie ein Geräusch von rinnendem Wasser, das ihnen aber stets verborgen blieb. Jill und Eustachius fühlten: das war das wirkliche Narnia. Sogar Tirian wurde es leichter ums Herz, wie er so vor ihnen herging. Er summte ein altes Marschlied aus Narnia mit dem Kehrreim:

Ho, rumbum, widibum, bumbum,
dröhnen die Trommeln rundum.

Hinter dem König gingen Eustachius und der Zwerg Poggin. Poggin nannte alle Namen der Bäume und Pflanzen und Vögel in Narnia, die Eustachius noch nicht kannte. Als Gegenleistung erklärte Eustachius, wie alles das in unserer Welt hieß.

Hinter ihnen trabte Wirrkopf, gefolgt von Jill und Kleinod, die dicht nebeneinander gingen. Jill hatte sich geradezu in das Einhorn verliebt. Sie dachte – und sie hatte nicht ganz unrecht damit –, daß Kleinod das bezauberndste, taktvollste und anmutigste Wesen wäre, das sie je getroffen hatte. Wie fein und sanft es im Sprechen war! Wer es nicht wußte, hätte kaum geglaubt, wie schrecklich Kleinod in der Schlacht wüten konnte.

»Ist das nicht schön«, rief Jill, »so zu wandern? Schade, daß sich in Narnia immer so viel Schlimmes ereignet.«

Aber das Einhorn erklärte ihr, sie sei im Irrtum. Sie dürfe nicht denken, daß es hier so aufregend wäre und ständig Aufruhr und Umsturz herrschten. Hunderte und Tausende von Jahren hätte es immer nur friedliche Könige und glückliche Zeiten gegeben. Es wäre wirklich schwer, sie alle genau in die Geschichtsbücher einzutragen. Kleinod erzählte Jill von der schönen Königin Schwanenweiß, die vor den Tagen der Weißen Hexe und des Ewigen Winters gelebt hatte. Wenn die schöne Schwanenweiß in einen Waldsee geblickt hätte, sei noch ein Jahr danach die Spiegelung ihres Antlitzes im Wasser zu sehen gewesen, und das Bild hätte gestrahlt wie ein Stern bei Nacht. Kleinod erzählte auch von Mondholz, dem Hasen mit den wunderbaren Ohren, der, am Kesselteich unter dem großen Wasserfall sitzend, trotz des Donnergetöses hören konnte, was sich Menschen in Feeneden zuflüsterten. Kleinod sprach von Jahrhunderten, in denen ganz Narnia so fröhlich gewesen sei, daß man sich später nur noch an Bälle, Feste und Spiele erinnerte.

Als Kleinod so erzählte, sah Jill deutlich das Bild all dieser glücklichen Jahre, als ob sie von einem hohen Hügel herabschaute auf eine reiche, liebliche Ebene voller Wälder, Gewässer und Kornfelder, die sich weit, weit ausbreiteten, bis sie sich in der Ferne langsam aufzulösen schienen. Sie sagte:

»Ich hoffe sehr, wir können den Affen bald festnehmen und zu diesen sagenhaften Zeiten zurückkehren. Und dann, so hoffe ich, werden sie ewig so bleiben. Unsere Welt wird eines Tages zu Ende sein. Diese aber nicht. O Kleinod, wäre es nicht herrlich, wenn Narnia immer so bliebe, wie es vor vielen, vielen Jahren war?«

»Nein, Schwester«, antwortete Kleinod, »alle Welten gehen einmal zu Ende, außer dem Land Aslans.«

»Nun gut, so hoffe ich wenigstens, daß das Ende dieser Welt Millionen und Abermillionen von Jahren entfernt ist. Hallo! Warum halten wir denn?«

König Tirian, Eustachius und der Zwerg starrten zum Himmel hinauf. Jill erschauerte und erinnerte sich sofort wieder an die schreckliche Gestalt, die sie noch vor kurzem gesehen hatten. Aber diesmal war es etwas anderes; es war kleiner und hob sich schwarz ab vom hellen Blau des Himmels.

»Nach seinem Flug zu urteilen«, sagte das Einhorn, »ist es ein sprechender Vogel.«

»Das glaube ich auch«, erwiderte der König. »Aber ist er unser Freund oder ein Spion des Affen?«

»Ich glaube, Majestät«, sagte der Zwerg, »es ist Weitsicht, der Adler.«

»Sollen wir uns unter den Bäumen verstecken?« fragte Eustachius.

»Nein«, antwortete Tirian. »Am besten bleiben wir still wie Felsen stehen. Wenn wir uns bewegen, sieht er uns ganz bestimmt.«

»Schaut doch! Er schwenkt ein, er hat uns schon gesehen«, sagte Kleinod, »er kommt in weiten Kreisen herab.«

»Pfeil an die Sehne, meine Dame!« rief Tirian Jill zu. »Aber auf keinen Fall schießen, bevor ich es befehle. Es kann ja ein Freund sein.«

Mit welcher Anmut und Leichtigkeit der große Vogel herabglitt! Er setzte nah bei Tirian auf einer felsigen Klippe auf, beugte seinen buschigen Kopf und sagte mit seiner eigenartigen Adlerstimme: »Gruß dir, König Tirian!«

»Sei gegrüßt, Weitsicht«, dankte Tirian. »Da du mich König nennst, muß ich annehmen, daß du kein Gefolgsmann des Affen und seines falschen Aslan bist. Ich bin froh, daß du kommst.«

»Sire«, sprach der Adler, »wenn Ihr meine Neuigkeiten vernehmt, werdet Ihr über mein Kommen mehr Schmerz empfinden als über das größte Leid, das Euch je getroffen hat.«

Bei diesen Worten schien es, als höre Tirians Herz auf zu schlagen. Aber er biß die Zähne zusammen und bat: »Erzähl!«

»Zwei Dinge habe ich gesehen«, sagte Weitsicht. »Feeneden ist voll mit toten Narnianen und lebenden Kalormenen. Tisrocs Banner weht von Euren königlichen Zinnen, und Eure Untertanen fliehen aus der Stadt in die weiten Wälder. Feeneden wurde vom Meer aus eingenommen. Zwanzig große kalormenische Schiffe legten dort vorgestern bei dunkler Nacht an.«

Keiner brachte ein Wort hervor.

»Nur fünf Meilen vor Feeneden lag Klughuf der Zentaur tot da, mit einem kalormenischen Pfeil in seiner Flanke. In seiner letzten Stunde war ich bei ihm, und er gab mir diese Botschaft an Eure Majestät: ›Denk daran, daß jede Welt einmal zu Ende geht und daß ein edler Tod ein Schatz und keiner zu arm ist, ihn zu bezahlen.‹«

Nach langem Schweigen sagte der König leise: »Nun gibt es kein Narnia mehr.«

Das Treffen auf dem Berg

Eine ganze Weile blieben sie stumm. Dann stampfte das Einhorn mit den Hufen auf, schüttelte seine Mähne und sprach:

»Sire, nun ist guter Rat teuer. Der Affe hatte doch weit bessere Pläne gefaßt, als wir dachten. Er stand lange in geheimer Verbindung mit dem Tisroc. Kaum hatte der Affe das Löwenfell gefunden, da ließ er schon dem Tisroc sagen, er solle seine Schiffe bereithalten, um Feeneden und ganz Narnia einzunehmen. Was bleibt uns sieben jetzt noch übrig? Wir müssen zum Stallberg zurück, die Wahrheit verkünden und uns dem Schicksal beugen, das Aslan über uns verhängt. Und falls wir durch ein großes Wunder die dreißig Kalormenen, die sich um den Affen versammelt haben, besiegen, werden wir in der Schlacht mit dem großen Heer der Feinde, das dann von Feeneden heranrückt, fallen.«

Tiran nickte. Er wandte sich an die Kinder und sagte: »Liebe Freunde, nun ist es Zeit, daß ihr wieder zurückkehrt in eure eigene Welt. Ihr habt alles getan, was von euch verlangt wurde.«

»Was haben wir denn schon groß getan?« fragte Jill. Sie zitterte, nicht aus Angst, sondern weil alles so schrecklich war.
»Nein«, sprach der König, »ihr habt mich von dem Baum losgebunden. Du, Jill, hast Wirrkopf zu uns geführt, und du, Eustachius, hast einen meiner Angreifer getötet. Aber ihr seid noch zu jung für so ein blutiges Ende, wie wir anderen es erleiden müssen, heute nacht oder auch drei Tage später. Ich flehe euch an, nein, ich befehle euch, wieder heimzukehren. Ich muß mich ja zu Tode schämen, wenn ich es zulasse, daß ihr an meiner Seite in der Schlacht umkommt.«
»Nein, nein, nein!« rief Jill. Sie war blaß, als sie zu sprechen begann, wurde plötzlich rot und dann wieder blaß. »Was Ihr da sagt, gilt nicht. Wir halten weiter zu Euch und bleiben, was auch kommen mag, nicht wahr, Eustachius?«
»Ja, aber deshalb braucht sich keiner aufzuregen«, sagte Eustachius, der die Hände in die Taschen gesteckt hatte. (Dabei merkte er gar nicht, wie komisch das aussieht, wenn man gerade ein Panzerhemd trägt.) »Wozu über etwas reden, das unmöglich ist? Wir können nicht wieder heimkehren. Und kein Zauber verhilft uns dazu.« Das stimmte schon; aber Jill war es nicht recht, daß Eustachius darüber gesprochen hatte. Eustachius blieb gern bei den reinen Tatsachen, wenn andere sich aufregten.
Der König sah ein, daß die beiden Kinder nicht heimkehren konnten, außer wenn Aslan sie plötzlich rief. Tirian wollte sie über das Südliche Gebirge schicken, wo sie vielleicht sicherer waren. Aber sie wußten weder Weg noch Steg, und niemand konnte sie führen und geleiten. Doch wenn die Kalormenen Narnia erobert hatten, meinte Poggin, würden sie sicher in nächster Zeit auch Archenland einnehmen. Der Tisroc hatte schon immer diese südlichen Länder für sich beansprucht. Schließlich bettelten Jill und Eustachius so lange, bis ihnen Tirian erlaubte mitzukommen, um – wie er sagte – »das Abenteuer, das ihnen Aslan schickte«, zu bestehen.
Der König wollte erst bei Tag wieder zum Stallberg zurück. Es graute ihnen schon, wenn sie diesen Namen nur hörten. Aber der

Zwerg erklärte, daß sie am Tag den Platz wohl leer fänden, abgesehen vielleicht von einer kalormenischen Schildwache. Was der Affe und der Kater über den neuen Aslan – oder Tashlan – sagten, hatte die Tiere erschreckt. Sie spürten keine Lust, schon am Tag auf dem Stallberg in der Nähe ihres Gottes zu sein. Deshalb meinte Poggin, daß Tirian und seine Freunde bei Tageslicht leicht hinter den Stall gehen könnten, ohne gesehen zu werden. Das wäre viel schwerer bei Nacht, wenn der Affe die Tiere zu jenen entsetzlichen Mitternachtstreffen zusammenrief und alle Kalormenen im Dienst waren. Wenn das Treffen begann, konnte Wirrkopf, der Esel, an der Rückseite des Stalles stehen, ganz außer Sicht, bis zu dem Augenblick, wo sie ihn vorzeigen wollten. So konnten sie den Narnianen eine schöne Überraschung bereiten.

Darin waren sich alle einig, und die ganze Gesellschaft ging in nordwestlicher Richtung auf den verhaßten Hügel zu. Der Adler schwebte manchmal über ihnen, und manchmal setzte er sich auf den Rücken des Esels. Keiner – nicht einmal der König, außer in sehr großer Not – hätte es gewagt, auf dem Einhorn zu reiten.

Diesmal gingen Jill und Eustachius zusammen. Sie waren sich besonders mutig vorgekommen, als sie darum gebeten hatten, mitgenommen zu werden. Nun aber war es aus mit ihrem großen Mut.

»Jill«, flüsterte Eustachius, »ich habe Angst.«

»Das kann ich verstehen«, sagte Jill. »Aber du kannst kämpfen. Wenn du die Wahrheit wissen willst, ich zittere geradezu.«

»Zittern ist noch gar nichts«, versetzte Eustachius. »Ich fühl's, ich werde mich übergeben müssen.«

»Sprich nicht davon, um Himmels willen«, bat Jill.

Sie gingen schweigend weiter, ein oder zwei Minuten lang.

»Jill«, flüsterte Eustachius wieder.

»Ja?« fragte sie.

»Was wird geschehen, wenn man uns hier tötet?«

»Dann sind wir eben tot, nehme ich an.«

»Aber ich meine doch, was dann in unserer eigenen Welt mit uns geschieht? Werden wir aufwachen und uns im Zug wiederfinden? Oder sind wir ganz verschwunden, und kein Mensch hört mehr etwas von uns? Oder sind wir dann auch zu Hause tot?«

»Ach, weißt du, darüber habe ich noch gar nicht nachgedacht.«

»Für Peter und die anderen muß es schon seltsam sein. Sie haben doch gesehen, wie ich aus dem Fenster winkte. Dann fährt der Zug in die Station ein, und wir sind nicht mehr da. Oder wenn andere Menschen uns beide auffinden – ich meine, wenn wir drüben, ich meine zu Hause, tot sind.«

»Himmel«, rief Jill, »was für ein furchtbarer Gedanke!«

»Doch nicht furchtbar für uns«, sagte Eustachius. »Wir sind einfach nicht mehr da.«

»Ich wünschte fast ... nein, lieber nicht«, meinte Jill.

»Was wolltest du sagen?«

»Ich wollte sagen, ich wünschte, wir wären nie hierhergekommen. Aber nicht doch, es ist ja gut, daß wir hierherkamen. Sogar, wenn man uns hier tötet. Ich kämpfe lieber für Narnia und lasse mich dafür auch töten, als daheim alt und gebrechlich zu werden und vielleicht im Rollstuhl zu landen und am Ende doch zu sterben.«

»Oder von einer Eisenbahn zermalmt zu werden.«

»Warum denn das?«

»Na, als dieser gräßliche Ruck kam – der uns nach Narnia schleuderte –, dachte ich, das ist der Anfang eines Eisenbahnunglücks. Ich war heilfroh, uns statt dessen hier zu finden.«

Während Jill und Eustachius so sprachen, erwogen die anderen ihre Pläne und waren guten Mutes. Sie dachten daran, was in dieser Nacht getan werden mußte. Der Gedanke, daß es mit Narnia zu Ende ging und aller Glanz und alle Freude vorbei waren, machte sie krank. Nur Poggin freute sich darüber, was sie in dieser Nacht alles zu tun hatten. Er war sicher, daß der Eber und der Bär und wahrscheinlich alle Hunde sofort auf ihre Seite überwechselten. Er konnte auch nicht glauben, daß alle Zwerge zu Griffel hielten. Für sie als die schwächere Seite sah er es als Vorteil an, daß sie bei hin und her huschendem Feuerschein zwischen den Bäumen kämpfen konnten. Doch wenn sie auch in dieser Nacht siegten, würden sie nicht ein paar Tage später trotzdem ihr Leben verlieren – im Kampf mit dem kalormenischen Hauptheer?

War es da nicht besser, sich in den Wäldern zu verstecken oder sogar oben in der Westlichen Wüste jenseits des Großen Wasserfalls? Sie konnten dort wie Vogelfreie leben und allmählich stark und stärker werden. Vielleicht schlossen sich ihnen auch die sprechenden Tiere und die Menschen von Archenland an. Eines Tages würden sie dann aus ihrem Versteck hervorkommen, die Kalormenen (die bis dahin sorglos dahinlebten) aus dem Land verjagen und Narnia wieder auferstehen lassen. Schließlich hatte sich etwas Ähnliches auch schon zur Zeit des Königs Miraz ereignet.

Tirian hörte das alles mit an und dachte: Aber was ist mit Tash? Er fühlte deutlich, daß nichts von alledem geschehen würde. Aber er sagte nichts.

Als sie näher an den Stallberg kamen, verstummten alle, denn jetzt hieß es für sie, sich an ihr eigentliches Ziel heranzuarbeiten. Von dem Augenblick an, als sie den Hügel zuerst sahen, bis zu dem Zeitpunkt, als sie an der Rückseite des Stalles ankamen, dauerte es über zwei Stunden. So etwas kann man nie genau beschreiben, ohne daß man ganze Seiten damit füllt. Der Weg von jeder kleinsten Deckung bis zur nächsten war ein Abenteuer für sich, und dazwischen lagen lange Wartezeiten und mehrere falsche Warnungen. Wenn man ein guter Kundschafter ist oder gut zu führen versteht, weiß man, was es damit auf sich hat. Zur Stunde des Sonnenuntergangs erreichten sie alle wohlbehalten und sicher eine Gruppe von Stechpalmen zwölf Meter hinter dem Stall. Sie aßen ein wenig Zwieback und legten sich nieder.

Dann kam der schlimmste Teil, das Warten. Glücklicherweise schliefen die Kinder für ein paar Stunden, aber sie wachten natürlich auf, als die Nacht kalt wurde. Sie waren durstig und hatten nichts zu trinken. Wirrkopf, der Esel, stand da, schüttelte sich unruhig, sagte aber nichts. Tirian jedoch schlief mit dem Kopf an Kleinods Flanke so ruhig, als ob er in seinem königlichen Bett in

Feeneden läge, bis ihn der Klang eines Gongschlags weckte. Da erhob er sich und sah einen Feuerschein auf der entgegengesetzten Seite des Stalles. Die Stunde der Entscheidung war gekommen.

»Liebster Kleinod«, sagte er. »Gewiß ist das unsere letzte Nacht in Narnia. Und wenn ich dich je in irgendeiner Sache beleidigt habe, sei sie groß oder klein gewesen, so vergib mir jetzt.«

»Teurer König«, sprach das Einhorn, »ach, wenn Ihr mich nur einmal beleidigt hättet, so daß ich Euch verzeihen könnte! Lebt wohl! Wir haben viel Schönes zusammen erlebt. Wenn Aslan mir die Wahl ließe, würde ich kein anderes Leben wählen als das bisherige und keinen anderen Tod als den künftigen.«

Dann weckten sie Weitsicht, den Adler, der mit dem Kopf unter seinem Flügel schlief (es sah so aus, als hätte er überhaupt keinen Kopf), und schlichen sich an den Stall heran. Sie versteckten Wirrkopf, den Esel, dahinter, nicht ohne ein freundliches Wort, denn keiner war jetzt mehr böse mit ihm. Sie mahnten ihn, sich nicht zu bewegen, bis jemand käme, um ihn zu holen. Dann bezogen sie Stellung an der einen Seite des Stalles.

Das Freudenfeuer war gerade erst angezündet worden und begann jetzt emporzulodern. Es war nur wenige Meter von ihnen entfernt, und die große Menge narnianischer Tiere befand sich auf der anderen Seite, so daß Tirian sie zuerst nicht sehen konnte. Natürlich sah er Dutzende von Augen im Widerschein des Feuers leuchten, so, wie man die Augen von Katzen oder Kaninchen in den Scheinwerfern eines Autos bemerkt.

Gerade als Tirian seinen Platz einnahm, verstummten die Gongschläge, und links von ihm erschienen von irgendwoher drei Gestalten: Rishda Tarkaan, der kalormenische Hauptmann, der Affe Listig und der Kater Rothaar. Listig hielt sich mit einer Pfote an Tarkaans Hand fest. Er wimmerte und murmelte immerfort: »Nicht so schnell, nicht so schnell, mir ist speiübel. O mein armer Kopf! Diese Mitternachtstreffen machen mich noch ganz krank. Müssen denn Affen nachts unbedingt aufbleiben? Ich bin doch keine Ratte oder eine Fledermaus. O mein armer Kopf!«

An der anderen Seite des Affen schritt sehr sanft und feierlich, mit erhobenem Schwanz, der Kater Rothaar. Die drei gingen auf das Feuer zu und standen jetzt nahe bei Tirian. Ein Wunder, daß sie ihn nicht sahen. Aber Tirian hörte, wie Rishda leise zu Rothaar sagte: »Nun, Kater, auf deinen Posten! Sieh zu, daß du deine Rolle gut spielst.«

»Du kannst dich auf mich verlassen«, antwortete Rothaar. Dann verschwand er, und Tirian sah, wie er jenseits des Feuers wieder auftauchte und sich in die erste Reihe der versammelten Tiere setzte.

Und dann begann ein Schauspiel, fast wie im Theater: die Narnianen waren die Leute im Parkett; die kleine Grünfläche vor dem Stall gehörte zum Bühnenbild; Tirian und seine Freunde waren Leute, die aus dem Hintergrund der Bühne hervorlugten. Wenn jemand in den vollen Feuerschein trat, richteten sich sofort alle Augen auf ihn. Solange die kleine Gesellschaft still im Schatten der Stallwand blieb, stand es hundert zu eins, daß sie nicht entdeckt wurde.

Rishda Tarkaan zog den Affen näher ans Feuer. Das Paar wandte sich mit dem Gesicht der Menge zu, und das hieß natürlich, daß sie mit dem Rücken zu Tirian und seinen Freunden standen.

»Nun, Affe«, sagte Rishda Tarkaan leise, »sprich die Worte, die weisere Köpfe dir in den Mund gelegt haben. Und halt den Kopf hoch.« Während er noch sprach, gab er dem Affen von hinten mit der Zehenspitze einen kleinen Stoß.

»Laß mich in Ruhe«, murmelte Listig. Aber er setzte sich gerade und begann mit lauter Stimme:

»Jetzt hört einmal alle zu. Etwas Schreckliches ist geschehen, eine böse Sache, das Schlimmste, was je in Narnia vorkam. Aslan . . .«

»Tashlan, du Narr«, flüsterte Rishda Tarkaan.

»Tashlan meine ich natürlich«, sagte der Affe, »Tashlan ist darüber sehr verärgert.«

Drückendes Schweigen. Unruhig warteten die Tiere darauf, von neuen Sorgen zu hören. Die kleine Gesellschaft an der hinteren

Wand des Stalls hielt den Atem an. Was in aller Welt kam jetzt?

»Ja«, fuhr der Affe fort, »in diesem Augenblick, da der Schreckliche in eigener Person unter uns weilt – dort in dem Stall, gerade hinter mir –, hat ein böses Wesen ein Verbrechen begangen. Etwas, das sonst keiner wagen würde, auch nicht, wenn der Strenge und Unerbittliche tausend Meilen weit entfernt wäre. Ein gewisses Tier hat sich eine Löwenhaut übergestülpt, wandert in diesen Wäldern umher und täuscht vor, Aslan zu sein.«

Jill fragte sich, ob der Affe verrückt geworden sei. Wollte er vielleicht die ganze Wahrheit sagen?

Ein Brüllen des Schreckens und der Wut kam von den Tieren. »Grr!« grollten sie. »Wer ist es? Wo ist er? Unsere Zähne sollen ihn zerreißen.«

»Vorige Nacht hat man das Tier gesehen«, kreischte der Affe, »aber es ist weitergezogen. Es ist ein Esel, ein ganz gewöhnlicher, elender Esel. Wenn einer von euch diesen Esel sehen sollte . . .«

»Grrr!« grollten die Tiere. »Er soll nur kommen. Er täte besser daran, uns aus dem Weg zu gehen.«

Jill sah den König an. Sein Mund stand offen, und sein Gesicht war schreckerfüllt. Da verstand sie die teuflische Arglist der Feinde. Sie mischten ein bißchen Wahrheit unter die Lüge, und damit war die Lüge noch stärker geworden. Warum sollten sie den Tieren jetzt noch sagen, daß ein Esel sich als Löwe verkleidet habe, um sie zu täuschen? Der Affe konnte nun antworten: »Das habe ich doch gerade gesagt.« Lohnte es sich dann noch, ihnen Wirrkopf in seiner Löwenhaut zu zeigen? Die Tiere würden ihn sofort in tausend Stücke reißen.

»Das hat uns den Wind aus den Segeln genommen«, flüsterte Eustachius.

»Der Boden ist uns unter den Füßen weggezogen worden«, sagte Tirian.

»Verwünschte Arglist!« rief Poggin. »Ich könnte schwören, daß diese neue Lüge von Rothaar stammt.«

Jill fühlte ein Kitzeln an ihrem Ohr. Es war Kleinod, das Einhorn, das mit seinem breiten Pferdemaul Jill etwas zuwisperte. Zum Zeichen, daß sie verstanden hatte, nickte sie. Auf Zehenspitzen schlich sie zu Wirrkopf, dem Esel, und löste schnell und leise die letzten Stricke, die das Löwenfell noch hielten. Man stelle sich nur vor, der Esel wäre mit dem Fell auf dem Rücken gefangengenommen worden – nach dem, was der Affe jetzt gesagt hatte! Das wäre schlimm gewesen für Wirrkopf. Am liebsten hätte Jill das Fell gut versteckt, möglichst weit weg von hier; aber es war zu schwer. Wohin damit? Sie stieß es einfach unter das dichte Buschwerk. Dann machte sie Wirrkopf ein Zeichen, und er folgte ihr zu den anderen.

Der Affe sprach wieder.

»Nach dieser schrecklichen Sache ist Aslan – nein, Tashlan – grimmiger denn je. Er sagt, er sei viel zu gut zu euch gewesen, daß er jede Nacht herauskam und sich zeigte. Nun wird er nicht mehr kommen.«

Heulen, Miauen, Quieken und Grunzen war die Antwort. Plötzlich aber ertönte lautes Lachen.

»Hört nur, was der Affe spricht«, rief eine Stimme. »Wollt ihr wissen, warum er seinen kostbaren Tashlan nicht vorzeigt? Ich werd's euch sagen: Weil er ihn gar nicht hat. Er hat euch nie etwas anderes gezeigt als einen alten Esel mit einem Löwenfell auf dem Rükken. Jetzt hat er ihn verloren, und nun weiß er nicht, was er tun soll.«

Tirian konnte die Gesichter auf der anderen Seite des Feuers kaum sehen, aber er vermutete in dem Sprecher Griffel, den Oberzwerg. Er war es wirklich, denn kurz darauf stimmten alle Zwerge in den Singsang ein:

»Weiß nicht, was er tun soll! Weiß nicht, was er tun soll! Weiß nicht, was er t-u-u-u-n soll!«

»Ruhe!« donnerte Rishda Tarkaan. »Ruhe, ihr Unterirdischen!

Hört mir zu, auch ihr anderen Narnianen, sonst befehle ich meinen Kriegern, mit den Schwertern über euch herzufallen! Der Edle Listig hat euch schon von dem verruchten Esel erzählt. Glaubt ihr, seinetwegen gäbe es keinen richtigen Tashlan im Stall? Glaubt ihr das? Hütet euch, nehmt euch in acht!«

»Nein, nein!« schrien die meisten.

Doch die Zwerge riefen: »Recht so, Rishda, du Schwarzgesicht, nun hast du es uns aber gegeben, was? Los, Affe, nun zeig uns doch, was wirklich im Stall ist! Wir können nur das glauben, was wir sehen!«

Nach einem Augenblick der Stille sagte der Affe: »Ihr Zwerge denkt, daß ihr wunder wie klug seid, nicht wahr? Aber nicht so voreilig. Ich habe niemals gesagt, daß ihr Tashlan nicht sehen könnt. Jeder, der Lust hat, kann ihn sehen.«

Schweigen senkte sich über die Versammelten. Dann, fast nach einer Minute, begann der Bär mit langsamer, verwirrter Stimme zu sprechen: »Ich verstehe das alles nicht ganz. Ich dachte, du sagtest ...«

»Du dachtest?« wiederholte der Affe. »Wer soll denn schon wissen, was für Gedanken in deinem Kopf herumschwirren? Hört zu, ihr anderen. Jeder kann Tashlan sehen, aber er kommt nicht heraus. Ihr müßt schon hineingehen, wenn ihr ihn sehen wollt.«

»O danke, danke, danke«, sagten Dutzende von Stimmen. »Das wollten wir ja! Nun können wir hinein und ihn von Angesicht zu Angesicht sehen. Jetzt wird er freundlich sein, und alles kommt in Ordnung.« Die Vögel zwitscherten, die Hunde bellten aufgeregt. Plötzlich geriet alles in Bewegung. Ein Geräusch entstand, als ob sie alle auf einmal aufsprängen. Die ganze Schar stürzte vorwärts, und alle versuchten, gleichzeitig durch die Stalltür zu drängen.

Aber der Affe schrie: »Zurück! Nicht so schnell!«

Die Tiere standen still, viele mit einer Pfote in der Luft, einige mit dem Schwanz wedelnd und den Kopf auf die Seite gelegt.

»Ich dachte, du sagtest ...«, begann der Bär von neuem, aber Listig unterbrach ihn.

»Jeder kann hineingehen«, erklärte er. »Aber immer nur einer nach dem andern. Wer will der erste sein? Der Unvergleichliche sagte nichts davon, daß er gut aufgelegt sei. Tashlan leckt sich immer die Lippen, seitdem er neulich nachts den bösen König verschlang. Heute morgen hat er ziemlich geknurrt und gebrummt. Ich selbst ginge heute abend nicht gern in den Stall. Aber wie ihr wollt. Wer will zuerst hinein? Gebt mir aber bloß nicht die Schuld, wenn Tashlan euch verschlingt oder euch mit dem schrecklichen Blick seiner Augen zu Asche versengt. Das ist eure Sache. Nun, wer geht zuerst? Wie wär's mit einem von euch Zwergen?«

»Kille, kille, komm und laß dich töten!« höhnte Griffel. »Äffchen, was hast du im Stall versteckt?«

»Hoho!« schrie der Affe. »Meint ihr etwa, es wäre nichts drin? Vor einer Minute noch habt ihr geprahlt, nun seid ihr wie vor den Kopf geschlagen. Also, wer geht?«

Aber die Tiere standen da und sahen einander stumm an. Auf einmal entfernten sie sich mehr und mehr von dem Stall, und nur wenige wedelten mit dem Schwanz. Der Affe ging unruhig hin und her und spottete über die Tiere. »Ho – ho – ho!« kicherte er. »Ich dachte, ihr wäret alle so eifrig, Tashlan von Angesicht zu Angesicht zu sehen. Ihr habt wohl eure Meinung geändert, wie?«

Tirian beugte den Kopf zu Jill herunter, um zu hören, was sie ihm ins Ohr flüstern wollte.

»Was ist Eurer Meinung nach wirklich drinnen im Stall?« fragte sie.

»Wer weiß«, erwiderte Tirian, »vielleicht zwei Kalormenen mit gezogenen Schwertern – auf jeder Seite der Tür einer.«

»Ihr glaubt doch etwa nicht«, sagte Jill, »es könnte ... Ihr wißt doch ... das schreckliche Ding sein, das wir sahen?«

»Tash selbst?« flüsterte Tirian. »Das kann man nicht wissen. Aber nur Mut, Kind, wir sind alle in der Hand des wirklichen Aslan.«

Dann aber kam die größte Überraschung. Der Kater Rothaar sagte mit kühler, klarer Stimme und nicht im geringsten aufgeregt: »Wenn ihr wollt, werde ich hineingehen.«

Alle wandten sich dem Kater zu und starrten ihn an.
»Was für ein durchtriebenes Tier, Sire«, sagte Poggin zum König. »Dieser verteufelte Kater steckt mit in der Verschwörung, vielleicht ist er sogar der Anführer. Wer oder was auch immer in dem Stall ist, niemand wird ihm ein Haar krümmen. Rothaar wird heil wieder herauskommen und verkünden, was für ein großes Wunder er drinnen gesehen hat.«
Aber Tirian hatte keine Zeit mehr zu antworten. Der Affe bat den Kater, näher zu treten.
»Hoho!« höhnte er, »du also, du vorlaute Mieze, willst Tashlan von Angesicht zu Angesicht sehen. Dann komm nur! Ich werde dir die Tür öffnen. Gib mir aber nicht die Schuld, wenn Tashlan dir die Schnurrhaare einzeln ausreißt. Das ist dann deine Sache.«
Der Kater stand auf und kam von seinem Platz in der Menge hervor. Er schritt tänzelnd und geziert dahin, den Schwanz in die Luft erhoben. Kein Haar auf dem glatten Fell sträubte sich. Er kam am Feuer vorbei, so nahe, daß Tirian, mit der Schulter gegen die Seitenwand des Stalles gelehnt, in sein Gesicht sehen konnte. Seine großen grünen Augen funkelten nicht mehr.
»Kühl wie eine Gurke«, murmelte Eustachius. »Er weiß eben, daß er nichts zu befürchten hat.«
Der Affe, der kicherte und Gesichter schnitt, schob sich neben den Kater, hob seine Pfote hoch, zog den Riegel weg und öffnete die Tür. Tirian meinte, den Kater schnurren zu hören, als er den dunklen Stall betrat.
»Au, au, au weh! . . .«
Der schrecklichste Katzenschrei, den man je gehört hat, ließ alle aufspringen. Wer ist nicht schon selbst durch das Geschrei von Katzen, durch Katzenmusik auf dem Dach um Mitternacht, geweckt worden? Hier aber war es noch schlimmer. Der Affe wurde von dem Kater zu Boden gestoßen, als er in großen Sätzen aus dem Stall floh. Wenn man nicht gewußt hätte, daß es ein Kater war, hätte man denken können, ein rötlicher Blitzstrahl käme aus dem Stall geschossen. Über die Wiese raste er zurück in die

Menge. Keiner möchte einem Kater in diesem Zustand begegnen. Links und rechts sprangen ihm die Tiere aus dem Weg. Er kletterte wie wild einen Baum hinauf, flitzte herum und hing mit dem Kopf herunter. Der gesträubte Schwanz schien fast so dick wie sein ganzer Körper. Seine Augen, groß wie Untertassen, funkelten im grünen Feuer, den Rücken entlang stand ihm jedes einzelne Haar zu Berge.

»Ich gäbe meinen Bart dafür«, flüsterte Poggin, »wenn ich wüßte, ob dieses Vieh nur so tut oder ob es im Stall wirklich etwas Furchtbares angetroffen hat.«

»Schweigt, Freunde«, mahnte Tirian, denn der Hauptmann und der Affe flüsterten miteinander, und er wollte gern hören, was sie sagten. Es gelang ihm nicht. Nur den Affen hörte er noch einmal wimmern: »Mein Kopf, mein armer Kopf!« Aber Tirian bemerkte, daß das Verhalten des Katers die beiden ebenso verwirrte wie ihn selbst.

»Na, Rothaar«, sprach der Hauptmann. »Nun mal Schluß mit dem Lärm! Erzähl doch, was du gesehen hast.«

»Aii – aii – au – au weh«, kreischte der Kater.

»Bist du nicht ein sprechendes Tier?« fragte der Hauptmann. »Dann nimm dich zusammen, laß den Lärm und sprich vernünftig.«

Was nun folgte, war schrecklich. Tirian fühlte (und jeder andere auch), daß der Kater zu sprechen versuchte. Aber nichts kam aus seinem Maul, außer den üblichen gräßlichen Lauten, die man von jedem wütenden oder erschreckten Kater in den Hinterhöfen hören kann. Je länger er miaute, desto weniger sah er wie ein sprechendes Tier aus.

Da wimmerten und quiekten auch die anderen Tiere.

»Schaut nur, schaut!« rief der Eber. »Der Kater kann nicht mehr sprechen. Er hat das Sprechen verlernt. Er ist wieder ein stummes Tier geworden. Schaut doch nur sein Gesicht an!«

Wie traurig und wahr! Das erkannten nun alle. Und die Tiere Narnias packte Entsetzen und Jammer. Sie hatten doch schon als

Junges gelernt, daß Aslan zu Beginn der Welt die Tiere von Narnia in sprechende Tiere verwandelt hatte. Zugleich aber hatte Aslan sie gewarnt: Wenn sie nicht gut wären, würden sie eines Tages wieder zurückverwandelt und wären dann wie die armen geistlosen Tiere in anderen Ländern.

»Jetzt ist es über uns gekommen!« jammerten die Tiere auf dem Stallberg. »Erbarmen! Erbarmen!« klagten und wimmerten sie. »Laßt Gnade walten, Edler Listig, seid Vermittler zwischen uns und Aslan. Geht hinein und sprecht für uns. Wir selber wagen es nicht, wir nicht.«

Rothaar kletterte höher und verschwand oben im Baum. Niemand sah ihn jemals wieder.

Tirian stand da, mit der Hand am Knauf seines Schwertes. Sein Kopf war gebeugt, er war wie betäubt von den Schrecken dieser Nacht. Manchmal dachte er, er müßte sogleich sein Schwert ziehen und auf die Kalormenen losstürmen. Im nächsten Augenblick aber meinte er, es wäre besser zu warten, wie die ganze Geschichte weiterliefe.

Da kam es zu einer neuen Wendung.

»Mein Vater«, kam eine klare, klingende Stimme von links aus der Menge.

Tirian wußte sofort, daß da ein Kalormene sprach. Im Heer des Tisroc reden die gemeinen Soldaten die Offiziere mit »mein Meister« an, die Offiziere aber nennen ihre älteren Vorgesetzten »mein Vater«. Jill und Eustachius wußten das nicht, aber als sie sich umgesehen hatten, erblickten sie auch den Sprecher. Er war jung, groß und schlank und sogar in der Dunkelheit fast schön.

»Mein Vater«, sagte er zu dem Hauptmann, »ich möchte ebenfalls hineingehen.«

»Still, Emeth«, erwiderte der Hauptmann. »Wer hat dich um Rat gebeten? Schickt es sich für einen Jungen, so zu sprechen?«

»Mein Vater«, wiederholte Emeth, »zugegeben, ich bin jünger als du, aber in mir fließt ebenfalls das Blut der Tarkaanen. Auch ich diene Tash. Und darum . . .«

»Schweig!« befahl Rishda Tarkaan. »Bin ich nicht dein Vorgesetzter? Was geht dich dieser Stall an? Er ist nur für die Narnianen.«

»Nein, mein Vater«, versetzte Emeth. »Du hast gesagt, daß ihr Aslan und unser Tash eins seien. Wenn das stimmt, dann ist doch auch Tash in diesem Stall. Wieso behauptest du, daß ich nichts mit ihm zu tun habe? Ich sterbe gern tausend Tode, wenn ich nur einmal Tash ins Angesicht sehen kann.«

»Du bist ein Narr und verstehst nichts von den großen Dingen«, sagte Rishda Tarkaan.

Emeths Gesicht wurde hart. »Ist es denn nicht wahr, daß Tash und Aslan eins sind?« fragte er. »Hat uns etwa der Affe belogen?«

»Natürlich sind sie ein und dieselben«, meldete sich Listig.

»Schwör das, Affe!« verlangte Emeth.

»Ach, du lieber Himmel«, wimmerte Listig, »warum bedrängt ihr mich denn so? Mein Kopf tut mir schon weh. Ja, ja, ich schwöre es.«

»Dann, mein Vater«, sagte Emeth, »bin ich fest entschlossen, in den Stall zu gehen.«

»Du Narr«, begann Rishda Tarkaan wieder. Aber sofort riefen die Zwerge: »Komm, komm, Schwarzgesicht! Warum läßt du ihn nicht hinein? Warum läßt du Narnianen ein und hältst dein eigenes Volk zurück? Was hast du im Stall versteckt, das deine eigenen Leute nicht sehen dürfen?«

Tirian und seine Freunde konnten nur den Rücken Rishda Tarkaans sehen. Sie wußten nicht, was er für ein Gesicht machte, als er mit den Achseln zuckte und sagte: »Ihr seid Zeugen, daß ich schuldlos bin am Blut dieses jungen Narren. Geh nur hinein, tollkühner Knabe, aber beeil dich.«

Genauso wie Rothaar trat nun Emeth vor auf den Grünstreifen zwischen Feuer und Stall. Seine Augen glänzten, sein Gesicht drückte Würde aus, seine Hand lag am Griff des Schwertes, und seinen Kopf hielt er aufrecht. Jill war dem Weinen nahe, als sie in sein Gesicht schaute. Kleinod flüsterte dem König ins Ohr:

»Bei der Mähne des Löwen, der junge Krieger gefällt mir, auch wenn er ein Kalormene ist. Er hat einen besseren Gott als Tash verdient.«

»Wenn wir nur wüßten, was wirklich drinnen ist«, sagte Eustachius.

Emeth öffnete die Tür und trat in den dunklen Stall. Langsam schloß er die Tür hinter sich. Nur ein paar Minuten verstrichen – es schien jedoch länger zu währen –, da öffnete sich die Tür wieder. Eine Gestalt in kalormenischer Bewaffnung taumelte heraus, fiel auf den Rücken und blieb unbeweglich liegen. Dann schloß sich die Tür wieder.

Der Hauptmann sprang zu der liegenden Gestalt hin und beugte sich vor, um ihr ins Gesicht zu sehen. Er schien sehr überrascht. Doch dann wandte er sich der Menge zu und rief:

»Der voreilige Bursche hat seinen Willen bekommen. Er hat Tash gesehen und ist tot. Laßt euch das eine Warnung sein!«

»Ja, ja«, sagten die armen Tiere.

König Tirian und seine Freunde starrten zuerst auf den toten Kalormenen, dann blickten sie einander an. Denn sie, die so nahe dabeistanden, konnten sehen, was der Menge, weiter ab vom Feuer, verborgen blieb: der Tote war nicht Emeth. Es war ein anderer, älterer Mann, dicker und nicht so groß wie Emeth und mit einem langen Bart.

»Ho – ho – ho«, kicherte der Affe. »Noch einer? Will noch einer? Na, weil ihr alle so schüchtern seid, werde ich den nächsten auswählen. Du, du, Eber. Komm sofort her! Treibt ihn hoch, Kalormenen! Er soll Tashlan von Angesicht zu Angesicht sehen.«

»O – omph«, grunzte der Eber und richtete sich schwerfällig auf. »Kommt nur, versucht mal meine Hauer!«

Tirian sah, wie das tapfere Tier um sein Leben kämpfte und ihm kalormenische Soldaten mit gezogenen Krummsäbeln auf den Leib rückten. Keiner kam dem Eber zu Hilfe.

Da schwoll in Tirian der Zorn übermächtig. Es kümmerte ihn nicht mehr, ob das der geeignete Augenblick war, dazwischenzutreten oder nicht.

»Schwerter heraus!« flüsterte er den anderen zu. »Den Pfeil an die Sehne, folgt mir!«
Im nächsten Augenblick sahen die erstaunten Narnianen, wie sieben Gestalten vor den Stall sprangen, vier von ihnen in schimmernder Rüstung. Des Königs Schwert funkelte im Schein des Feuers. Er schwang es über sein Haupt und rief mit lauter Stimme:
»Hier stehe ich, Tirian von Narnia, in Aslans Namen! Mit meinem Leib will ich beweisen, daß Tash ein widerwärtiger Unhold ist und der Affe ein vielfacher Verräter. Die Kalormenen verdienen den Tod. An meine Seite, alle treuen Narnianen! Wollt ihr warten, bis die neuen Herren euch alle umbringen?«

Der Kampf

Schnell wie der Blitz sprang Rishda Tarkaan aus der Reichweite von Tirians Schwert. Er war kein Feigling und hätte, wenn nötig, auch auf eigene Faust gegen Tirian und den Zwerg gefochten. Aber er konnte es nicht gleichzeitig noch mit dem Adler und dem Einhorn aufnehmen. Er wußte, daß Adler einem Menschen ins Gesicht fliegen, nach den Augen picken und mit den Flügeln blenden können. Er hatte auch von seinem Vater gehört (der damals in der Schlacht den Narnianen gegenüberstand), daß keiner ein Einhorn besiegen kann, außer mit Pfeilen oder einem langen Speer. Dieses Tier richtet sich auf seinen Hinterfüßen auf, wenn es jemanden überfällt, und dann steht man seinen Hufen, seinem Horn und seinen Zähnen gegenüber. So stürmte denn Rishda Tarkaan in die Menge und rief:
»Zu mir, zu mir, Krieger des Tisroc, er möge leben für immer! Zu mir, alle treuen Narnianen, oder der Zorn Tashlans fällt über euch!«
In der Zwischenzeit geschahen noch andere Dinge. Der Affe hatte die Gefahr nicht so schnell wie der Tarkaan erkannt. Etwa eine Se-

kunde blieb er neben dem Feuer hocken und starrte die Fremden an. Tirian stürzte auf das jämmerliche Geschöpf zu, packte es beim Kragen, schleuderte es zum Stall zurück und rief: »Öffnet die Tür!« Poggin öffnete sie. »Geh und nimm deine eigene Arznei, Listig«, sagte Tirian und warf den Affen in die Dunkelheit hinein. Als der Zwerg die Tür wieder zuschlug, zuckte ein blendendes grünblaues Licht aus dem Innern des Stalles heraus, die Erde erbebte, und alle vernahmen ein grauenhaftes Geräusch: ein Glucksen und Kreischen, wie die krächzende Stimme eines ungeheuren Vogels.

Die Tiere wehklagten und heulten: »Tashlan! Versteckt uns vor ihm!« Manche fielen nieder, und manche verbargen ihr Gesicht in ihren Schwingen oder Pfoten.

Nur der Adler, der unter allen Lebewesen die besten Augen hat, bemerkte auf einmal das Gesicht von Rishda Tarkaan. Der Adler sah, daß Rishda genauso überrascht und erschreckt war wie jeder andere. Da hat einer Götter gerufen, dachte Weitsicht, an die er nicht glaubt. Wie wird es ihm ergehen, wenn sie wirklich da sind?

Aber an diesem Abend gab es doch auch etwas Schönes. Alle sprechenden Hunde (es waren zusammen fünfzehn) kamen springend und bellend freudig an des Königs Seite, große, starke Hunde mit vollen Schultern und schweren Kinnbacken. Ihr Kommen war wie das Brechen einer großen Welle am Meeresstrand: es warf einen fast um. Obgleich sprechende Hunde, waren sie doch gewöhnlichen Hunden so ähnlich wie nur möglich. Sie standen alle auf und legten ihre Vorderpfoten auf die Schultern der Menschen, leckten ihre Gesichter und riefen im Chor Tirian zu:

»Willkommen, willkommen! Wir helfen, helfen, helfen. Zeig uns, wie – zeig uns, wo!«

Das war so rührend, daß einem fast die Tränen kamen. Auf die Hilfe der Hunde hatten die Narnianen gehofft. Einen Augenblick später kamen mehrere kleine Tiere – Mäuse und Maulwürfe und ein Eichhörnchen – angetrabt. Sie quiekten vor Freude und sagten: »Schau doch, schau; wir sind hier!«

Wenn jetzt auch Bär und Eber kommen, dachte Eustachius, kann vielleicht doch noch alles gut werden.

Aber Tirian blickte um sich und sah, daß sich nur wenige andere Tiere gerührt hatten. »Zu mir, zu mir!« rief er, »seid ihr denn alle Feiglinge geworden?«

»Wir wagen es nicht«, wimmerten Dutzende von Stimmen. »Tashlan könnte böse sein. Schütze uns vor Tashlan!«

»Wo sind denn die sprechenden Pferde?« fragte Tirian den Eber.

»Wir haben sie gesehen, wir haben sie gesehen«, quiekten die Mäuse. »Der Affe läßt sie schuften. Sie sind alle angeschirrt, unten am Fuß des Hügels.«

»Dann also, ihr Kleinen«, sagte Tirian, »ihr Knabberer und Nager und Nuß-Knacker, fort mit euch, so schnell ihr nur könnt, und schaut, ob die Pferde auf unserer Seite sind. Setzt eure Zähne an die Stricke und nagt sie durch, bis die Pferde frei sind und herkommen können.«

»Wie Ihr befehlt, Sire«, ertönten die kleinen Stimmen, und mit wedelnden Schwänzen eilte das scharfäugige und scharfzähnige Volk hinweg. Tirian lächelte gerührt, als er sie so laufen sah. Doch es war Zeit, an andere Dinge zu denken, denn Rishda Tarkaan gab seine Befehle.

»Vorwärts!« rief er. »Nehmt alle gefangen, wenn ihr könnt, und werft sie in den Stall oder treibt sie hinein. Wenn sie alle drin sind, werden wir Feuer legen und mit ihnen unserem großen Gott Tash ein Opfer bringen.«

»Ha«, sagte Weitsicht zu sich selbst, »so erhofft er von Tash Vergebung für seinen Unglauben.«

Die feindliche Linie – etwa die Hälfte von Rishdas Macht – bewegte sich jetzt vorwärts, und Tirian hatte kaum Zeit, seine Befehle zu erteilen.

»Hinaus an die Linke, Jill, und versuch, so viele zu treffen, wie du kannst, ehe sie uns erreichen! Eber und Bär neben Jill! Poggin an meine linke Seite, Eustachius an meine rechte! Halte den rechten Flügel, Kleinod! Steh ihm bei, Wirrkopf, und gebrauch deine

Hufe. Flieg und schlag zu, Weitsicht! Ihr Hunde, genau hinter uns! Geht mitten unter sie, nachdem das Spiel der Schwerter begonnen hat! Aslan hilf uns!«

Eustachius stand da, und sein Herz klopfte gewaltig. Er hoffte, daß er tapfer sein würde. Obwohl er schon einen Drachen und eine Seeschlange gesehen hatte, erschauerte er doch vor der Menge dunkelgesichtiger, helläugiger Menschen. Da waren fünfzehn Kalormenen, ein sprechender Stier aus Narnia, Schleichfuß, der Fuchs, und Bolk, der Waldgeist, halb Ziegenbock, halb Mensch. Dann hörte er ein Schwirren zu seiner Linken, und ein Kalormene fiel; dann wieder ein Schwirren, und der Waldgeist sank nieder. »Gut gemacht, meine Tochter!« ertönte Tirians Stimme, und dann stand der Feind vor ihnen.

Eustachius konnte sich nicht mehr erinnern, was in den nächsten Minuten geschah. Es war alles wie im Traum, bis er Rishda Tarkaans Stimme aus der Ferne rufen hörte: »Zieht euch zurück. Hierher zurück, und stellt euch neu wieder auf!«

Dann kam Eustachius zur Besinnung und sah, daß die Kalormenen zu ihren Freunden zurückjagten. Aber nicht alle: zwei lagen tot da, einer von Kleinods Horn durchbohrt, der andere von Tirians Schwert. Der Fuchs lag tot zu Eustachius' Füßen, und er fragte sich, ob er ihn wirklich getötet hatte. Auch der Stier lag tot am Boden, mit einem Pfeil Jills zwischen den Augen, seitlich aufgeschlitzt vom Stoßzahn des Ebers. Aber auch die andere Seite hatte Verluste. Drei Hunde waren getötet worden, ein vierter humpelte auf drei Beinen hinter die Kampflinie und wimmerte. Der Bär war niedergesunken und bewegte sich nur noch schwach. Er murmelte mit heiserer Stimme, ganz verwirrt: »Ich ... ich ... ich verstehe nichts«, legte den Kopf ins Gras, so ruhig wie ein Kind, das schlafen geht, und rührte sich nicht mehr.

Der erste Angriff war abgeschlagen. Eustachius konnte sich kaum darüber freuen: er war sehr durstig, und sein Arm tat ihm weh.

Als die besiegten Kalormenen zu ihrem Befehlshaber zurückliefen, begannen die Zwerge sie zu verhöhnen. »Habt ihr genug, ihr

Schwarzgesichter?« riefen sie. »Gefällt es euch nicht? Warum geht nicht euer großer Tarkaan mit und kämpft selbst, anstatt euch in den Tod zu schicken? Arme Schwarzgesichter!«

»Zwerge!« rief Tirian, »kommt her und gebraucht eure Schwerter, nicht eure Zungen. Es ist noch Zeit. Zwerge von Narnia! Ihr könnt gut fechten, ich weiß es. Kehrt zu eurer Pflicht zurück!«

»Ha!« sagten die Zwerge, höhnisch lachend. »Denkst du! Ihr seid ebenso große Schwindler wie alle anderen. Wir brauchen keine Könige. Die Zwerge sind für die Zwerge da. Buh!«

Dann begann das Trommeln: diesmal keine Trommel der Zwerge, sondern eine große kalormenische Trommel aus Stierhaut. Die Kinder haßten den Klang vom ersten Augenblick an. Aber dieses Bumm-bumm-ba-ba-bumm wäre ihnen noch verhaßter gewesen, wenn sie gewußt hätten, was es bedeutete. Tirian wußte es. Es hieß, irgendwo in der Nähe gab es noch andere Truppen der Kalormenen, und Rishda Tarkaan rief sie zu Hilfe. Tirian und Kleinod sahen einander traurig an. Sie hatten gehofft, in dieser Nacht zu siegen. Wenn aber neue Feinde erschienen, war für sie alles verloren.

Tirian ließ den Blick hoffnungslos schweifen. Mehrere Narnianen standen zusammen mit Kalormenen, sei es aus Verrat, sei es aus ehrlicher Furcht vor Tashlan. Andere saßen still da und überlegten, wem sie sich anschließen sollten. Jetzt waren auch weniger Tiere da, einige hatten sich während des Kampfes heimlich davongeschlichen.

Bumm-bumm-ba-ba-bumm erklang von neuem die schreckliche Trommel. Dann mischte sich ein anderer Ton hinein.

»Hört!« rief Kleinod, und Weitsicht sagte: »Seht nur!«

Einen Augenblick später gab es keinen Zweifel mehr. Mit donnernden Hufen, emporgeworfenen Köpfen, geweiteten Nüstern und wehenden Mähnen sürmten zwanzig sprechende Pferde den Hügel herauf. Die Nager und Knabberer hatten ganze Arbeit geleistet.

Poggin, der Zwerg, und die Kinder öffneten den Mund zum Freudenruf, aber der Ton erstickte in ihrer Kehle. Plötzlich war die Luft voll vom Klang schwirrender Bogensehnen und zischender Pfeile. Die Zwerge schossen, und Jill traute ihren Augen kaum – sie schossen auf die Pferde. Zwerge sind todsichere Bogenschützen: Pferd um Pferd überschlug sich. Keines dieser edlen Tiere erreichte den König.

»Ihr Schufte!« schrie Eustachius und stampfte vor Wut mit den Füßen. »Schmutzige, schwindlerische kleine Scheusale!«

Sogar Kleinod sagte: »Soll ich die Zwerge überrennen, Sire, und bei jedem Stoß zehn von diesen Schurken auf mein Horn spießen?«

Aber Tirian, mit einem Gesicht hart wie Stein, sagte: »Rühr dich nicht von der Stelle, Kleinod. Und wenn du weinen mußt, Herzchen« – das galt Jill –, »so dreh das Gesicht zur Seite und schau, daß du deine Bogensehne nicht naß machst. Sei ruhig, Eustachius, schimpf nicht wie ein Küchenmädchen. Kein Krieger schimpft. Höfliche Worte oder harte Schläge sind seine Sprache.«

Aber nun verhöhnten die Zwerge Eustachius. »Das war eine Überraschung für dich, Knabe, wie? Du dachtest wohl, wir wären auf eurer Seite? Keine Angst! Wir wollen keine sprechenden Pferde. Wir wollen, daß weder ihr noch die andere Sippschaft gewinnt. Ihr könnt uns nicht betrügen. Die Zwerge sind nur für die Zwerge.«

Rishda Tarkaan sprach noch zu seinen Männern. Er entwarf Pläne für den nächsten Angriff: er wollte seine ganze Streitmacht auf einen Schlag einsetzen. Ohne Unterlaß ertönte die Trommel. Dann aber hörten Tirian und seine Freunde zu ihrem Schrecken, wie aus weiter Ferne eine Trommel antwortete. Eine andere Truppe von Kalormenen hatte Rishdas Signal gehört und kam ihm zu Hilfe. Von Tirians Gesicht war nicht abzulesen, ob er nun alle Hoffnung aufgegeben hatte.

»Hört zu«, flüsterte er mit beherrschter Stimme, »wir müssen jetzt angreifen, ehe die Schurken da drüben von ihren Freunden Verstärkung bekommen.«

»Bedenkt, Sire«, sagte Poggin, »daß wir hier die gute Holzwand

des Stalls als Rückendeckung haben. Werden wir nicht eingekreist und bekommen wir keine Schwertspitzen zwischen unsere Schultern, wenn wir vorgehen?«

»Genauso würde ich sprechen, Zwerg«, sagte Tirian, »wenn es nicht ihr Plan wäre, uns in den Stall zu zwingen. Je weiter wir von der gefährlichen Tür entfernt sind, um so besser.«

»Der König hat recht«, bemerkte Weitsicht, der Adler. »Um jeden Preis fort von diesem verwünschten Stall, was für ein Unhold auch immer darin lebt.«

»Ja, laßt uns gehen«, sagte Eustachius. »Ich kann den Stall schon nicht mehr sehen.«

»Gut«, sagte Tirian. »Nun blickt nach links hinüber. Dort seht ihr einen großen Felsen, der im Feuerschein weiß wie Marmor glänzt. Erst wollen wir die Kalormenen überfallen. Du, Mädchen, hältst dich links und schießt, so schnell du kannst, in ihre Linie. Du, Adler, fliegst von rechts in ihre Gesichter. Inzwischen wollen wir andern auf sie losstürmen. Wenn wir so nahe sind, Jill, daß du nicht länger auf sie schießen kannst, ohne auch uns zu treffen, geh zu dem weißen Felsen zurück und warte da. Ihr andern haltet die Ohren steif, sogar in der Schlacht. In wenigen Minuten werden wir den Feind in die Flucht schlagen – oder auch nicht, denn wir sind in der Minderzahl. Sobald ich ›zurück‹ rufe, stürzt zu Jill am weißen Felsen. Wir haben dort Rückendeckung und können für eine Weile aufatmen. Nun los, Jill!«

Jill, die sich allein gelassen fühlte, rannte gut zwanzig Schritt, stellte ihr rechtes Bein zurück, ihr linkes vor und setzte einen Pfeil an die Sehne. Sie wünschte, daß ihre Hände nicht so zitterten.

»Das war ein Fehlschuß«, stellte sie fest, als ihr erster Pfeil dem Feind entgegenschwirrte und über seine Köpfe hinwegflog. Aber im nächsten Augenblick hatte sie wieder einen Pfeil an der Sehne, denn sie wußte, Eile tat not. Sie sah, wie etwas Großes, Schwarzes in die Gesichter der Kalormenen flog. Das war Weitsicht. Ein Mann, dann noch ein anderer ließ sein Schwert fallen und hob beide Hände auf, um seine Augen zu schützen. Dann traf Jills Pfeil einen Mann, ein anderer verwundete einen narnianischen Wolf, der wohl dem Feinde zugelaufen war.

Jill hatte nur ein paar Sekunden geschossen, als sie wieder aufhören mußte. Mit einem Blitzen der Schwerter, des Ebers Stoßzahn, Kleinods Horn und dem tiefen Gebell der Hunde stürzten Tirian und seine Gesellen auf die Feinde los. Jill war erstaunt, wie unvorbereitet die Kalormenen kämpften. Sie erkannte nicht, daß sie und der Adler daran schuld waren. Nur wenige Krieger können ständig auf die vordere Front blicken, wenn sie von einer Seite Pfeile ins Gesicht bekommen und auf der anderen Seite von einem Adler angegriffen werden.

»Gut gemacht, gut gemacht!« rief Jill. Des Königs Gesellen schlugen ihren Weg mitten durch die feindliche Reihe. Das Einhorn schleuderte Männer hoch, wie man Heu mit der Gabel wendet. Jill schien es sogar, als ob Eustachius (der doch kaum etwas über die Fechtkunst wußte) glänzend kämpfte. Die Hunde fuhren den Kalormenen an die Kehle. Alles schien gut zu werden. War ihnen am Ende der Sieg sicher?

Da bemerkte Jill mit Schrecken, daß zwar Kalormenen mit jedem Schwertstreich der Narnianen fielen, die Zahl der Feinde aber dennoch immer größer wurde. Von allen Seiten liefen sie mit Speeren herbei.

Dann hörte Jill Tirians Stimme: »Zurück zum Felsen!« Der Feind hatte Verstärkung erhalten. Die Trommel hatte ihre Wirkung getan.

Hinter der Tür

Jill hätte sich schon längst zum weißen Felsen zurückziehen sollen; aber sie beobachtete noch immer den Verlauf der Schlacht. Das war so aufregend, daß sie alles andere vergaß. Nun fiel ihr wieder ein, was Tirian befohlen hatte. Sofort drehte sie sich um und rannte los. Fast gleichzeitig mit den anderen traf sie an dem verabredeten Platz ein. So standen sie alle einen Augenblick lang mit dem Rücken zum Feind. Als sie den weißen Felsen erreicht hatten, drehten sie sich um, und ein furchtbarer Anblick bot sich ihnen.

Ein Kalormene rannte zur Stalltür. Er trug etwas Zappelndes, das nach ihm stieß. Als er etwas näher an ihnen vorbeikam, konnten sie deutlich sehen: es war Eustachius. Tirian und das Einhorn stürzten vor, um ihn zu retten. Aber der Kalormene war nun viel näher an der Tür als sie. Ehe sie den Weg zur Hälfte zurückgelegt hatten, hatte der Kalormene Eustachius schon in den Stall geworfen und die Tür hinter ihm geschlossen.

Ein halbes Dutzend Kalormenen war den beiden gefolgt. Sie hatten sich in dichter Reihe an der vorderen Stallwand aufgebaut. Kein Narniane konnte nun mehr herankommen.

Jill hatte das Gesicht abgewandt, so weit wie möglich von ihrem Bogen entfernt.

»Auch wenn ich nicht aufhören kann zu heulen, meine Sehne soll nicht naß werden«, sagte sie.

»Achtung, Pfeile!« rief Poggin plötzlich.

Jeder duckte sich und zog seinen Helm dicht über die Nase. Die Hunde verkrochen sich hinter ihnen. Die Pfeile galten aber nicht den Narnianen. Diesmal schossen Griffel und seine Zwerge kaltherzig auf die Kalormenen.

»Laßt nicht nach, Brüder!« rief Griffel. »Alle vereint. Wir wollen keine Kalormenen, keine Affen, keine Löwen, keine Könige. Die Zwerge sind für die Zwerge!«

Was man auch immer über Zwerge denken mag, keiner kann ihnen nachsagen, sie seien nicht tapfer. Sie hätten leicht zu einem sicheren Ort gefunden, doch sie zogen vor zu bleiben und töteten auf beiden Seiten, so viele sie nur konnten. Sie wollten Narnia für sich selbst.

Sie bedachten dabei nicht, daß die Kalormenen gepanzert, die Pferde aber schutzlos gewesen waren. Die Kalormenen hatten außerdem einen Anführer. Rishda Tarkaan rief jetzt laut: »Dreißig von euch bewachen jene Narren an dem weißen Felsen. Der Rest folgt mir. Wir wollen den Unterirdischen einen gehörigen Denkzettel verpassen.«

Tirian und seine Freunde atmeten noch schwer von ihrem Kampf und waren dankbar für jede Minute der Ruhe. Sie standen da und schauten zu, wie der Tarkaan seine Männer gegen die Zwerge führte. Es war ein seltsames Bild. Das Feuer war fast niedergebrannt und flackerte glutrot. So weit man sehen konnte, war der Versammlungsplatz leer bis auf die Zwerge und die Kalormenen. Bei diesem Licht konnte man kaum erkennen, was sich zutrug. Es klang, als lieferten die Zwerge einen guten Kampf. Tirian konnte Griffels gräßliches Fluchen hören. Ab und zu rief der Tarkaan: »Nehmt sie gefangen, nehmt möglichst viele Zwerge lebend fest!«

Der Kampf dauerte nicht lange. Langsam erstarb der Lärm. Dann sah Jill den Tarkaan zurück zum Stall kommen. Elf Männer folgten ihm, und jeder von ihnen zerrte einen gefesselten Zwerg hinter sich her.

»Werft sie auf den Altar von Tash«, sagte Rishda Tarkaan.

Die elf Zwerge wurden einer nach dem andern in den dunklen Stall hineingeschleudert oder -gestoßen. Als die Tür wieder geschlossen war, verbeugte sich Rishda tief vor dem Stall und sagte: »Auch diese sind ein Brandopfer für dich, Gott Tash.«

Alle Kalormenen schlugen darauf die Schwerter an ihre Schilde und riefen: »Tash! Tash! Großer Gott Tash! Unerbittlicher Tash!«

Die kleine Gesellschaft an dem weißen Felsen beobachtete das lebhafte Treiben und flüsterte miteinander. Sie hatten am Felsen herabrieselndes Wasser entdeckt. Alle tranken eifrig – Jill, Poggin und der König aus den Händen, während die Vierfüßler aus dem kleinen Teich schlürften, der sich am Fuß des Felsens gebildet hatte. So groß war ihr Durst, daß es ihnen wie der köstlichste Trunk erschien, den sie je in ihrem Leben genossen hatten. Während sie tranken, fühlten sie sich überglücklich und konnten an nichts anderes mehr denken.

»Ich fühl's in meinen Knochen«, sagte Poggin, »daß wir alle einer nach dem andern noch vor morgen durch das finstere Loch gehen müssen. Ich kann mir hundert Tode vorstellen, die ich lieber sterben würde.«

»Wirklich ein finsteres Loch«, sagte Tirian, »schlimmer als ein gefräßiges Maul.«

»Können wir unser Geschick denn gar nicht abwenden?« fragte Jill betroffen.

»Nein, teure Freundin«, sagte Kleinod und streichelte sie zärtlich. »Es ist für uns die Pforte zu Aslans Land, und wir werden noch heute nacht an seinem Tisch speisen.«

Rishda Tarkaan wandte dem Stall den Rücken zu und schritt langsam zum Platz vor dem weißen Felsen. »Herhören«, rief er laut. »Wenn der Eber, die Hunde und das Einhorn zu mir überlaufen wollen und sich meiner Gnade unterwerfen, werden sie ihr Leben behalten. Der Eber soll in einen Käfig in Tisrocs Garten kommen, die Hunde in Tisrocs Zwinger, und das Einhorn muß einen Karren ziehen. Aber der Adler, die Kinder und der König werden noch in dieser Nacht Tash geopfert.«

Die einzige Antwort darauf war ein gewaltiges Brummen. »Vorwärts, ihr Krieger«, rief der Tarkaan, »tötet die Tiere, aber nehmt die Menschen lebendig gefangen!«

Dann begann die letzte Schlacht des letzten Königs von Narnia. Nicht nur die große Zahl der Feinde, sondern auch deren Speere machte sie zu einem hoffnungslosen Kampf. Die Kalormenen, die fast von Anfang an Gefolgsleute des Affen gewesen waren, hatten keine Speere getragen. Sie waren einzeln und in kleinen Gruppen nach Narnia gekommen und hatten friedfertige Händler vorgetäuscht. Natürlich hatten sie keine Speere mitgebracht, denn einen Speer kann man nicht verbergen. Die neuen Männer mußten später ins Land gekommen sein, nachdem der Affe schon stark war und sie öffentlich marschieren konnten. Mit einem langen Speer kann man einen Eber töten, bevor man ın Reichweite seiner Stoßzähne ist; auch ein Einhorn, bevor man in Reichweite seines Hornes kommt, das heißt, wenn man sehr schnell ist und einen kühlen

Kopf behält. Nun schlossen die erhobenen Speere Tirian und seine letzten Freunde ein. In den nächsten Minuten kämpften sie alle um ihr Leben.

Sie wurden sich ihrer Lage nicht recht bewußt. Wenn man jeden Muskel gebraucht – hier sich unter einer Schwertspitze bücken, dort über sie springen, sich zurückziehen, sich umdrehen muß –, hat man keine Zeit, erschreckt oder traurig zu sein. Tirian wußte, daß er jetzt nichts für die anderen tun konnte, sie waren alle zusammen zum Tod verurteilt. Undeutlich sah er den Eber auf der einen Seite niederfallen und auf der anderen Kleinod wild kämpfen. Aus dem Augenwinkel bemerkte er einen riesigen Kalormenen, der Jill an den Haaren davonschleppte. Aber er hatte keine Zeit mehr, daüber nachzudenken. Er konnte nur noch sein Leben so teuer verkaufen wie möglich. Ein Mann, der mit einem Dutzend Feinde gleichzeitig zu kämpfen hat, muß seine Vorteile nutzen, wo immer er kann; wo immer er Brust oder Hals seines Feindes ungeschützt vorfindet, muß er zuschlagen. Tirian wurde im Kampf immer weiter nach rechts gedrängt, wo er nicht mehr den Schutz des weißen Felsens im Rücken hatte. Er kam dem Stall immer näher und ahnte dunkel, daß es besser war, sich – so gut es ging – davon fernzuhalten.

Auf einmal merkte Tirian, daß er gegen den Tarkaan selbst kämpfte. Das Feuer, zuerst links, lag nun unmittelbar vor ihm. Er kämpfte genau im Eingang des Stalles, denn die Tür war geöffnet worden. Zwei Kalormenen hielten die Tür, bereit, sie jeden Augenblick hinter ihm zuzuschlagen. Als Tirian merkte, daß ihn der Feind zum Stall gedrängt hatte, sammelte er seine letzte Kraft für den Kampf gegen den Tarkaan.

Plötzlich kam ihm ein neuer Gedanke. Schnell ließ er sein Schwert fallen, stürzte vor, schlüpfte unter Rishad Tarkaans Krummsäbel durch, ergriff mit beiden Händen seinen Widersacher am Gürtel, sprang mit ihm zum Stall zurück und rief: »Komm nur herein und begegne deinem Tash selbst!«

Auf diese Worte folgte ein ohrenbetäubender Lärm. Genau wie

beim Hineinschleudern des Affen bebte die Erde, und gleißendes Licht blendete die Streiter. Die kalormenischen Soldaten draußen schrien »Tash, Tash!« und knallten die Tür zu. Wenn Tash ihren eigenen Hauptmann wollte, dann mußte er ihn auch bekommen. Sie selber wollten mit Tash nicht zusammentreffen.
Eine oder zwei Minuten lang wußte Tirian nicht, wo oder wer er war. Dann kam er zu sich, blinzelte und sah sich um. Es war nicht dunkel im Stall, wie er erwartet hatte, sondern ein grelles Licht blendete ihn.
Tirian wandte sich nach Rishda Tarkaan um, aber Rishda schenkte ihm keine Aufmerksamkeit, sondern erhob ein großes Wehgeschrei und zeigte auf etwas. Dann bedeckte er sein Gesicht mit den Händen und fiel flach zu Boden. Doch als Tirian in die Richtung sah, in die der Tarkaan gezeigt hatte, verstand er alles.
Eine schreckliche Gestalt kam auf sie zu. Sie war viel kleiner als jene Erscheinung, die sie vom Turm aus gesehen hatten, aber trotzdem viel stärker als ein Mensch. Und es war dennoch dieselbe Gestalt. Sie hatte einen Geierkopf und vier Arme. Der Schnabel stand offen, die Augen loderten. Eine krächzende Stimme ertönte.
»Du hast mich nach Narnia gerufen, Rishda Tarkaan. Hier bin ich. Was hast du mir zu sagen?«
Aber der Tarkaan erhob weder sein Haupt vom Boden, noch sprach er ein einziges Wort. Er zuckte wie ein Mensch, der von einem heftigen Schluckauf befallen ist. Im Kampf war er mutig genug. Aber die Hälfte seines Mutes hatte ihn in dieser Nacht schon verlassen, als er ahnte, es könnte wirklich einen Tash geben. Der Rest seines Mutes war jetzt geschwunden.
Mit einem plötzlichen Ruck – wie eine Henne, die sich bückt, um einen Wurm aufzupicken – fiel Tash über den jämmerlichen Rishda her und steckte ihn unter die Achseln seiner zwei rechten Arme. Dann drehte Tash den Kopf seitwärts und sah Tirian mit einem seiner schrecklichen Augen an.
Aber sofort ertönte hinter Tash eine mächtige Stimme, ruhig wie die sommerliche See: »Hinweg mit dir, du Ungeheuer, und nimm

dein rechtmäßiges Opfer mit, im Namen von Aslan und Aslans großem Vater, dem Herrscher über alle Meere!«

Das gräßliche Geschöpf verschwand mit dem Tarkaan unter den Armen. Tirian wandte sich, um zu sehen, wer gesprochen hatte. Was er da sah, ließ sein Herz schneller schlagen, als es jemals in einem Kampf geschlagen hatte.

Sieben Könige und Königinnen standen vor ihm, alle mit Kronen auf ihren Häuptern und in schimmernde Gewänder gehüllt. Aber die Könige trugen auch eine blendende Rüstung und hielten gezogene Schwerter in den Händen. Tirian verbeugte sich höflich und wollte sprechen, als die jüngste der Königinnen lachte. Er sah ihr genau ins Gesicht und rang dann vor Erstaunen nach Atem, denn er erkannte Jill, aber nicht die Jill, die er zuletzt gesehen hatte, mit einem Gesicht voller Schmutz und Tränen und einem alten Kleid, das ihr halb von den Schultern fiel. Jetzt sah sie frisch und erholt aus, als wäre sie soeben aus dem Bad gestiegen. Zuerst meinte er, sie sähe älter aus, aber dann doch nicht; er konnte sich darüber nicht klar werden. Dann bemerkte er, daß der jüngste König Eustachius war, ebenso verwandelt wie Jill.

Tirian fühlte sich plötzlich unbehaglich, weil er vor den Königen und Königinnen stand und noch Blut, Staub und Schweiß einer Schlacht an ihm klebten. Doch schon im nächsten Augenblick befand er sich in einem ganz anderen Zustand. Er war frisch, kühl und sauber und in ein Gewand gehüllt, das er immer bei großen Festen in Feeneden trug.

In Narnia trug man besondere Kleider, die nie unbequem waren. Man verstand in Narnia Dinge herzustellen, die sich ebenso schön anfühlten, wie sie aussahen, und so etwas wie kratzigen Flanell, steife Kleiderstärke oder einengende Gummizüge konnte man im ganzen Land nicht finden.

»Sire«, sagte Jill, trat vor und machte einen artigen Knicks. »Ich möchte Euch Peter dem Prächtigen, König über alle Könige in Narnia, vorstellen.«

Tirian brauchte nicht zu fragen, wer der König aller Könige war, denn er erinnerte sich an sein Gesicht aus seinem Traum, obgleich es ihm hier viel edler erschien. Er schritt vorwärts, sank auf ein Knie und küßte Peters Hand.

»König aller Könige«, sagte er, »seid gegrüßt!«

Der König aller Könige hob ihn auf und küßte ihn auf beide Wangen, wie es ein Prächtiger König wohl tut. Dann führte er ihn zu der ältesten Königin. Aber sie war gar nicht alt und hatte keine grauen Haare auf dem Kopf und keine Falten im Gesicht. Er sagte:

»Mein Herr, dies ist Lady Polly, die an dem ersten Tag nach Narnia kam, als Aslan die Bäume wachsen und die Tiere sprechen ließ.«

Danach geleitete er ihn zu einem Mann, dessen goldener Bart über seine Brust flutete und dessen Gesicht man die Weisheit ansah.

»Das«, sagte der König aller Könige, »ist Lord Digory, der an diesem Tage bei Lady Polly war. Und das ist mein Bruder, König Edmund, und das meine Schwester, Königin Lucy.«

»Mein Herr«, sagte Tirian, als er alle begrüßt hatte, »wenn ich die alten Geschichtsbücher recht gelesen habe, müßte es da nicht noch eine andere Königin geben? Hat Eure Majestät nicht zwei Schwestern? Wo ist Königin Suse?«

»Meine Schwester Suse«, antwortete Peter ernst und kurz, »zählt nicht mehr zu den Freunden Narnias.«

»Ja«, fügte Eustachius hinzu, »und wenn man versucht, mit ihr über Narnia zu reden oder irgend etwas für Narnia zu tun, dann sagt sie: ›Was für schöne Erinnerungen ihr habt! Bleibt nur bei euren Erinnerungen an die lustigen Spiele, die wir als Kinder trieben.‹«

»Suse«, sagte Jill, »reizen nur noch Nylonstrümpfe, Lippenstifte und Einladungen. Sie war immer hübsch anzuschauen und hat nur eines im Sinn: erwachsen zu sein.«

»Erwachsen, tatsächlich«, meinte Lady Polly. »Ich wünschte, Suse wäre erwachsen. Sie hat ihre ganze Schulzeit damit verschwendet, um in das Alter zu kommen, in dem sie jetzt ist, und sie wird den ganzen Rest ihres Lebens vergeuden, um in diesem Alter zu bleiben. Ihr ganzes Denken ist darauf gerichtet, mit der albernsten Zeit ihres Lebens um die Wette zu laufen, so lange sie nur kann.«

»Sprechen wir doch jetzt von etwas anderem«, sagte Peter. »Seht nur, hier hängt herrliches Obst an den Bäumen. Wir wollen es probieren.«

Da sah Tirian sich zum ersten Mal um, und es wurde ihm bewußt, wie seltsam dieses Abenteuer war.

Wie sich die Zwerge weigerten, aufgenommen zu werden

Tirian hatte gedacht – oder er hätte es gedacht, wenn er dazu Zeit gehabt hätte –, sie wären in einem kleinen strohgedeckten Stall, etwa vier Meter lang und fast zwei Meter breit. In Wirklichkeit aber standen sie im Gras, über ihnen war blauer Himmel, und die Luft des frühen Sommertags strich mild um ihre Gesichter. Nicht weit von ihnen wuchs eine Gruppe dichtbelaubter Bäume, aber unter jedem Blatt lugten schon goldene, blaßgelbe, purpurne oder glutrote Früchte hervor, wie sie noch niemand in unserer Welt gesehen hat. Das Obst ließ Tirian denken, es sei Herbst; aber in der Luft lag etwas, das ihm verriet, es könnte nicht später sein als Juni. Sie gingen alle auf die Bäume zu.

Jeder hob die Hand, um die Frucht zu pflücken, die ihm am besten gefiel, doch dann hielten sie sekundenlang inne. Diese Frucht war so schön, daß jeder fühlte, »für mich ist sie nicht bestimmt . . . die darf ich nicht pflücken«.

»Das geht schon in Ordnung«, sagte Peter. »Ich weiß, was wir alle denken. Aber ich bin sicher, ganz sicher, daß wir das nicht brauchen. Ich fühl's, wir sind in das Land gekommen, in dem alles erlaubt ist.«

»Dann aber nichts wie los!« sagte Eustachius, und alle begannen zu schmausen. Wie das Obst war? Ja, wer kann einen Geschmack beschreiben? Verglichen mit diesen Früchten war die frischeste Pampelmuse, die man finden kann, matt, die saftigste Orange trokken, die weichste Birne hart und holzig, die süßesten Walderdbeeren sauer. Außerdem gab es keine Kerne oder Steine und keine Wespen. Hat man einmal diese Früchte probiert, dann schmecken die besten Dinge dieser Welt wie bittere Arznei. Aber man kann es eben nicht beschreiben, es sei denn, man könnte in dieses Land reisen und alle Früchte selbst kosten.

Als sie genug gegessen hatten, sagte Eustachius zu König Peter: »Du wolltest uns erzählen, wie ihr nach Narnia gekommen seid.«

»Da ist nicht viel zu erzählen«, erwiderte Peter. »Edmund und ich standen auf dem Bahnsteig und sahen euren Zug herankommen. Ich erinnere mich, daß ich dachte, der Zug nimmt die Kurve viel zu schnell.«

»Was geschah dann?« fragte Jill.

»Das ist wohl schwer zu erklären, nicht wahr, Edmund?« fragte König Peter.

»Ja, es ist nicht leicht«, erwiderte Edmund. »Es war nicht wie früher, als wir durch Zauber aus unserer eigenen Welt hierher nach Narnia kamen. Ein furchtbares Getöse brach aus, und irgend etwas schlug mich mit einem Knall, aber es verletzte mich nicht. Ich war nicht erschreckt, eher aufgeregt. Ja, dann war etwas ganz Komisches: Ich hatte doch ein aufgeschlagenes Knie vom Fußballspielen, das war plötzlich wieder heil. Ich fühlte mich leicht, ganz leicht. Ich weiß nicht mehr, was weiter geschah, denn plötzlich waren wir hier.«

»Uns erging es fast ebenso«, sagte Lord Digory und wischte die letzten Spuren des Obstes aus seinem goldenen Bart. »Wir hörten einen furchtbaren Knall und spürten einen fürchterlichen Stoß – und dann waren wir plötzlich hier. Ich glaubte, Polly, wir beide fühlten uns auf einmal gelöst. Ihr anderen werdet das nicht begreifen. Wir fühlten uns plötzlich nicht mehr so alt wie bisher.«

»Weiter, was geschah seitdem?« fragte Eustachius.

»Nun«, erwiderte Peter, »lange Zeit geschah nichts. Dann öffnete sich die Tür . . .«

»Welche Tür?« fragte Tirian.

»Ja«, sagte Peter, »die Tür, durch die du hereinkamst – oder herauskamst, ganz gleich. Hast du das vergessen?«

»Aber wo ist die Tür?«

»Schau«, sagte Peter und zeigte hinüber.

Da erblickte Tirian das wunderlichste und unwirklichste Ding, das man sich vorstellen kann. Nur ein paar Meter entfernt stand klar im Sonnenlicht eine grobe Holztür und um sie herum der Rahmen des Eingangs, nichts anderes, keine Mauern, kein Dach. Tirian ging darauf zu, ganz verwundert, und die anderen folgten, um zu beobachten, was er wohl täte. Er ging herum zu der anderen Seite der Tür, aber auch hier sah sie ganz genauso aus. Er war noch immer in der frischen Luft des frühen Sommermorgens, und die Tür stand ganz einfach für sich allein da, wie aus dem Erdboden gewachsen.

»Hoher Herr«, sagte Tirian zu Peter dem Prächtigen, »welch ein Wunder!«

»Das ist die Tür, durch die du vor fünf Minuten mit dem Kalormenen kamst«, erklärte Peter lächelnd.

»Kam ich denn nicht aus dem Wald in den Stall hinein? Diese Tür aber führt doch wohl von nirgendwoher nach nirgendwohin.«

»So sieht sie aus, wenn du von außen herumgehst«, sagte Peter. »Aber wirf nur einen Blick durch den Spalt zwischen den beiden Brettern. Sieh nur hindurch.«

Tirian blickte durch das Loch in der Tür. Zunächst konnte er nichts weiter als Dunkelheit erkennen. Doch als sich seine Augen daran gewöhnt hatten, sah er die mattrote Glut eines fast ausgebrannten Holzfeueres und darüber am Himmel unzählige Sterne. Tirian sah auch dunkle Gestalten umherlaufen oder zwischen ihm und dem Feuer stehen. Er konnte sie sprechen hören, und ihre Stimmen waren wie die der Kalormenen. Da wußte Tirian, daß er durch die Tür hinausschauen konnte in die Dunkelheit des verwüsteten Laternendickichts, wo er seine letzte Schlacht gekämpft hatte. Die Kalormenen stritten sich, ob sie hineingehen und nach Rishda Tarkaan suchen oder den Stall anzünden sollten.

Tirian trat von der Tür zurück und blickte sich um. Er traute seinen Augen kaum, denn über ihm war blauer Himmel und rundherum grünes Land, das sich, so weit er sehen konnte, nach allen Richtungen ausbreitete. Seine neuen Freunde standen lachend um ihn herum.

»Es scheint also«, sagte Tirian wie zu sich selbst, »daß der Stall von innen und der Stall von außen gesehen etwas ganz Verschiedenes ist.«

»Ja«, bestätigte ihm Lord Digory, »sein Inneres ist größer als sein Äußeres.«

»Ja«, ergänzte Königin Lucy, »in unserer Welt barg auch einmal ein Stall etwas in sich, das größer war als unsere ganze Welt.« Sie hatte zum ersten Mal das Wort ergriffen, und aus dem Beben ihrer Stimme wußte Tirian jetzt auch, warum: Königin Lucy nahm alles tiefer auf als die andern. Sie hatte sich schweigend glücklich gefühlt.

Tirian wollte sie gern wieder hören, und deshalb sagte er: »Mit Verlaub, Edle Dame, sprecht weiter. Erzählt mir eure Erlebnisse.«

»Nach allem Schreck und Lärm«, sagte Lucy, »fanden wir uns an dieser Stelle. Wir staunten über die Tür genauso wie du. Dann öffnete sich die Tür zum ersten Mal, und wir blickten in undurchdringliches Dunkel. Da kam ein großer Mann mit bloßem Schwert hindurch. Wir erkannten ihn an seinen Waffen: ein Kalormene. Er blieb neben der Tür stehen, mit erhobenem Schwert auf der Schulter, bereit, jeden umzubringen, der durch die Tür kam. Wir gingen zu ihm und sprachen auf ihn ein, aber er konnte uns weder sehen noch hören. Er blickte auch nicht zum Himmel und zur Sonne auf oder hinunter ins Gras; ich glaube, er konnte nichts davon sehen. So warteten wir lange. Dann hörten wir, daß der Riegel auf der anderen Seite der Tür weggezogen wurde. Aber der Mann kam nicht dazu, mit seinem Schwert zuzuschlagen. Wir vermuteten nämlich, ihm sei befohlen worden, einige, die den Stall betreten wollten, zu erschlagen, andere aber zu schonen. Doch im selben Augenblick, als sich die Tür öffnete, erschien plötzlich Tash auf dieser Seite der Tür. Keiner von uns wußte, woher er kam. Durch die Tür tänzelte ein großer Kater. Er warf einen Blick auf Tash und rannte um sein Leben, gerade noch rechtzeitig, denn Tash stürzte auf ihn los. Der Kalormene konnte Tash sehen. Er wurde sehr bleich und verbeugte sich vor dem Ungeheuer, aber es verschwand. Dann warteten wir wieder. Die Tür öffnete sich zum dritten Mal, und es kam ein junger Kalormene herein. Er gefiel mir auf den ersten Blick. Die Wache an der Tür nahm Haltung an und war verwirrt, als sie ihn sah. Sie hatte wohl einen ganz anderen erwartet.«

»Ich sehe jetzt klar«, sagte Eustachius (er hatte nämlich die schlechte Angewohnheit, andere im Gespräch zu unterbrechen). »Der Kater mußte zuerst hereingehen, und der Wachtposten hatte Befehl, ihm nichts zuleide zu tun. Dann sollte der Kater herauskommen und sagen, er hätte diesen gräßlichen Tashlan gesehen. Er sollte ganz erschreckt tun, um die anderen Tiere einzuschüchtern. Listig hatte bloß nicht im Traum angenommen, daß der wirkliche Tash erscheinen würde, und so kam Rothaar tatsächlich angstschlotternd heraus. Danach wollte Listig dann jeden hineinschicken, den er loswerden wollte, und die Wache sollte ihn töten. Und ...«

»Freund«, mahnte Tirian sanft, »du störst die Edle Dame in ihrer Erzählung.«

»Nun« fuhr Lucy fort, »die Wache war überrascht. Das gab dem anderen Mann Zeit, auf der Hut zu sein. Sie fochten einen Kampf aus. Er tötete die Wache und warf sie durch die Tür zurück. Dann kam er langsam dahin, wo wir jetzt sind. Wir versuchten mit ihm zu sprechen, aber er war wie im Zauberschlaf. Er wiederholte immerzu: ›Tash, Tash, wer ist Tash? Ich gehe zu Tash.‹ Da gaben wir es auf, und er ging wieder weg, irgendwohin, da hinüber. Ich mochte ihn. Und danach ... hu!« Lucy zog ein Gesicht.

»Danach«, ergänzte Edmund, »warf irgend jemand einen Affen durch die Tür. Und Tash stand wieder da. Meine Schwester ist so weichherzig, sie möchte dir nicht erzählen, daß Tash einmal zuschnappte und der Affe erledigt war.«

»Geschah ihm ganz recht«, sagte Eustachius.

»Darauf«, erklärte Edmund, »kamen über ein Dutzend Zwerge, und dann Jill, und zuletzt du selbst.«

»Ich hoffe, Tash fraß auch die Zwerge«, meinte Eustachius. »Diese Schweinebande!«

»Nein, das tat er nicht«, versetzte Lucy. »Sei nicht eklig. Sie sind noch da. Du kannst sie von hier aus sehen. Ich habe versucht, mit ihnen Freundschaft zu schließen, aber es hat keinen Sinn.«

»Freundschaft mit *denen*?« rief Eustachius. »Wenn du wüßtest, wie diese Zwerge sich benommen haben.«

»Hör auf, Eustachius!« mahnte Lucy. »Komm und sieh sie dir an, Tirian. Vielleicht könntest du etwas mit ihnen anfangen.«

»Für Zwerge habe ich nichts mehr übrig«, sagte Tirian. »Doch auf Euer Wort hin, Edle Dame, will ich alles versuchen.«

Lucy führte sie, und bald konnten sie die Zwerge sehen. Sie boten einen wunderlichen Anblick. Sie liefen nicht etwa umher (obgleich sie die Stricke, mit denen man sie gefesselt hatte, nicht mehr trugen). Sie unterhielten sich auch nicht, sie lagen auch nicht auf der Erde und ruhten sich aus. Sie saßen dicht in einem Kreis zusammen und betrachteten einander. Sie sahen sich nie um oder schauten nach den Menschen, bis Lucy und Tirian nah genug waren und sie fast berührten. Dann hoben alle Zwerge die Köpfe, als ob sie keinen sehen könnten, aber genau horchten und versuchten, am Klang zu erraten, was geschah.

»Was fällt euch ein, uns auf die Füße zu treten«, schimpfte ein Zwerg. »Habt ihr denn keine Augen im Kopf?«

»Wir haben euch nichts getan«, sagte Eustachius empört. »Wir sind nicht blind. Wir haben Augen im Kopf.«

»Ihr müßt schon verdammt gute Augen haben, wenn ihr hier sehen könnt«, sagte der Zwerg. Sein Name war Knuff.

»Wo?« fragte Edmund.
»Du Dummkopf! Hier natürlich«, murrte Knuff. »In diesem pechschwarzen, dumpfen, stinkenden kleinen Loch von einem Stall.«
»Bis du blind?« fragte Tirian.
»Sind wir nicht alle blind in der Dunkelheit?« vesetzte Knuff.
»Aber es ist gar nicht dunkel hier, ihr armen dummen Zwerge«, sagte Lucy. »Könnt ihr nicht sehen? Seht doch, schaut euch doch um! Könnt ihr nicht den Himmel sehen, die Bäume und die Blumen? Könnt ihr mich nicht sehen?«
»Wie, im Namen allen Unsinns, kann ich sehen, was nicht da ist? Weder kann ich dich sehen, noch kannst du mich sehen in dieser rabenschwarzen Finsternis.«
»Aber ich kann dich sehen«, sagte Lucy. »Ich werde beweisen, daß ich dich sehen kann. Du hast eine Pfeife im Mund.«
»Jeder, der Tabakgeruch kennt, kann das auch behaupten«, meinte Knuff.
»O die armen Kerle! Wie schrecklich!« klagte Lucy. Dann hatte sie einen Einfall. Sie bückte sich und pflückte ein paar wilde Veilchen. »Hör zu, Zwerg«, sagte sie. »Wenn deine Augen versagen, so ist vielleicht deine Nase in Ordnung. Kannst du das riechen?« Sie beugte sich herab und hielt die frischen, feuchten Blumen an Knuffs häßliche Nase. Aber sie mußte schleunigst zurückspringen, um einem Schlag seiner schweren kleinen Faust zu entgehen.
»Nichts davon!« schrie Knuff. »Wie kannst du es wagen! Was soll das heißen, daß du mir schmutzige Stallstreu ins Gesicht hältst? Es war auch eine Distel dabei. So eine Frechheit! Wer bist du überhaupt?«
»Erdmann«, sagte Tirian, »das ist Königin Lucy, aus tiefer Vergangenheit von Aslan hierher entsandt. Um ihretwillen allein schlage ich, König Tirian, euch nicht die Köpfe ab, erwiesene und zweimal geprüfte Verräter, die ihr seid.«
»Das ist die Höhe!« rief Knuff. »Wie kannst du uns nur solchen Quatsch vorsetzen! Dein wundervoller Löwe sollte doch kommen und dir helfen, nicht wahr? Ist er gekommen, hat er dir geholfen?

Kein Gedanke. Jetzt, jetzt sogar, da du besiegt worden bist und, genau wie wir, in das schwarze Loch gesteckt wurdest, treibst du noch immer dein nichtswürdiges Spiel. Du willst uns mit einer neuen Lüge einfangen und uns einreden, daß wir nicht eingesperrt sind, daß es nicht dunkel ist und weiß der Himmel, was noch alles!«

»Hier ist kein schwarzes Loch, außer in deiner Einbildung, du Narr!« schrie Tirian. »Komm doch heraus!« Er lehnte sich vor, griff Knuff am Gürtel und an der Kappe und zog ihn aus dem Kreis der Zwerge heraus. Aber als Tirian ihn absetzte, stürzte Knuff zu seinem Platz unter den andern zurück, rieb sich die Nase und heulte:

»O weh, o weh! Was hast du nur getan! Mein Gesicht gegen die Wand geknallt! Du hast mir fast die Nase gebrochen.«

»O du liebe Güte!« klagte Lucy. »Was sollen wir bloß mit ihnen machen?«

»Laßt sie doch in Ruhe«, sagte Eustachius.

Als er noch sprach, erzitterte die Erde. Die milde Luft wurde plötzlich noch milder. Etwas Helles leuchtete hinter ihnen auf. Alle wandten sich um, Tirian zuletzt, weil er Angst hatte. Da stand die Sehnsucht seines Herzens groß und wirklich vor ihm: der Goldene Löwe, Aslan selbst. Schon knieten die anderen im Kreis um seine Vorderpfoten und vergruben ihre Hände und Gesichter in seiner Mähne. Aslan aber beugte sein großes Haupt und streichelte sie mit seiner Zunge. Dann faßte er Tirian scharf ins Auge, und Tirian kam zitternd näher und warf sich dem Löwen zu Füßen. Der Löwe küßte ihn und sagte: »Du hast gute Arbeit geleistet, letzter König von Narnia, der standhielt in seiner dunkelsten Stunde.«

»Aslan«, bat Lucy unter Tränen, »könntest du ... willst du ... willst du etwas für die armen Zwerge tun?«

»Meine Lieben«, sagte Aslan, »ich werde euch zeigen, was ich tun kann und was nicht.« Er kam nah an die Zwerge heran und gab ein schwaches Brüllen von sich, ganz schwach nur, aber es erschütterte die Luft. Doch die Zwerge sagten zueinander: »Hört ihr das?

Das ist die Sippschaft vom andern Ende des Stalles. Die wollen uns nur erschrecken. Das machen sie mit einer Maschine. Kümmert euch nicht darum. Sie können uns nicht wieder betrügen.«
Aslan hob den Kopf und schüttelte die Mähne. Sogleich lag auf den Knien der Zwerge ein herrliches Festmahl: Pasteten und allerlei Köstliches, Zungen, Tauben, Trüffeln und Eis. Jeder Zwerg hielt in seiner rechten Hand einen Becher mit gutem Wein.
Aber das alles hatte keinen Zweck. Die Zwerge aßen und tranken gierig, merkten aber nicht, was sie aßen. Sie meinten, man hätte ihnen das vorgesetzt, was man in einem Stall findet. Ein Zwerg sagte, er versuche Heu zu essen, ein anderer, er hätte ein Stückchen von einer alten Rübe, ein dritter, er hätte ein rohes Kohlblatt im Mund. Sie setzten goldene Becher mit köstlichem roten Wein an die Lippen und riefen: »Hu! Schmutziges Wasser aus einem Trog für den Esel. Soweit sind wir gekommen!« Aber sehr bald glaubte ein Zwerg, ein anderer habe etwas Besseres gefunden als er selbst. Im Nu gab es Streit, Rauferei und offenen Kampf zwischen den Zwergen. Sie verschmierten das gute Essen auf ihren Gesichtern und Gewändern oder zertrampelten es unter ihren Füßen. Doch als sie sich endlich anschickten, ihre blau und grün geschlagenen Augen und blutenden Nasen zu pflegen, sagten alle:
»Na, auf jeden Fall gibt's hier keinen Unfug wie anderswo. Wir haben uns von niemandem übers Ohr hauen lassen. Die Zwerge sind für die Zwerge.«
»Seht ihr«, sagte Aslan, »sie wollen sich nicht helfen lassen. Sie haben Mißtrauen und Arglist dem Glauben vorgezogen. Ihre Gefangenschaft besteht nur in ihrer eigenen Einbildung, sie bleiben jedoch gefangen, weil sie so denken. Aber kommt, Kinder, ich habe noch anderes zu tun.«
Er ging zur Tür, und alle folgten ihm. Er hob den Kopf und brüllte: »Nun ist es Zeit!« Dann noch lauter: »Zeit!« Endlich so laut, daß sein Brüllen die Sterne erschütterte: »Zeit!«
Die Tür flog auf.

Sie standen alle rechts neben Aslan und blickten durch die offene Tür. Das Feuer draußen war erloschen. In Narnia herrschte völlige Finsternis. Daß sie in einen Wald hineinschauten, war daran zu erkennen, daß die dunklen Umrisse der Bäume sich im Licht der Sterne abzeichneten.

Als Aslan zum drittenmal »Zeit« gebrüllt hatte, war draußen, jenseits der Tür, eine schwarze Gestalt erschienen. Das heißt, sie alle sahen nur einen dunklen Fleck, weil dort keine Sterne leuchteten. Der Fleck stieg höher und höher und nahm die Form eines Mannes an, des ungeheuersten aller Riesen. Sie kannten Narnia so gut, daß sie leicht den Platz errieten, wo er stehen mußte: auf den Hochmooren, höher oben im Norden. Da erinnerten sich Jill und Eustachius, daß sie einmal, vor langer Zeit, in den tiefen Höhlen unterhalb dieser Moore einen mächtigen Riesen schlafend gesehen hatten. Sie erfuhren damals, daß sein Name »Vater Zeit« war. Man erzählte sich von ihm, daß er erst an dem Tag erwachen würden, wenn Narnia zu Ende ginge.

»Ja«, sagte Aslan, obwohl keiner auch nur ein Wort gesprochen hatte. »Als er noch in tiefen Träumen lag, hieß er Zeit. Nun ist er erwacht und bekommt einen neuen Namen.«

Dann hob der Riese ein Horn an den Mund. Sie konnten das an der veränderten schwarzen Gestalt sehen, die sich vor den hellen Sternen bewegte. Etwas später – weil der Klang so langsam wandert – hörten sie den Ton des Hornes, hoch und schrecklich und von einer seltsam tödlichen Schönheit.

Sogleich füllte sich der Himmel mit Sternschnuppen. Wie schön sieht schon eine einzige Sternschnuppe aus, hier aber waren es zuerst Dutzende und dann mehr und mehr, bis sie wie ein silberner Regen stürzten, und noch immer fielen weitere Sterne.

Nach einer Weile glaubten sie wiederum eine dunkle Gestalt am Himmel zu sehen. Sie stand an einer anderen Stelle, gerade über ihnen, auf dem höchsten Dach des Himmelszelts.

Vielleicht ist es nur eine Wolke, dachte Edmund. Auf jeden Fall waren dort keine Sterne zu sehen, nur Finsternis. Um diesen dunklen Fleck herum ging der Sternschnuppenfall weiter. Dann fing der sternlose Fleck an zu wachsen. Vom Mittelpunkt des Himmels breitete er sich langsam weiter aus. Bald war ein Viertel des gesamten Himmels schwarz, dann die Hälfte, und zuletzt fiel der Sternschnuppenregen nur noch in der Nähe des Himmelsrandes.

Mit Erstaunen und auch etwas Schrecken wurde ihnen plötzlich klar, was da vor sich ging. Die sich ausbreitende Finsternis war durchaus keine Wolke, es war einfach Leere. Das schwarze Stück des Himmels war der Teil, an dem keine Sterne mehr standen. Alle Sterne fielen: Aslan hatte sie heimgerufen.

Die letzten wenigen Sekunden, bevor der Sternenschauer endete, waren aufregend genug. Überall um sie herum fielen Sterne. Aber die Sterne Narnias sind keine großen flammenden Kugeln wie in unserer Welt. Vielmehr sind es Lebewesen (Edmund und Lucy waren einmal einem solchen Wunderwesen begegnet). So sahen sie nun eine Menge schimmernder Lebewesen, alle mit langen Haaren wie brennendes Silber und mit Speeren wie weißglühendes Metall. Sie stürzten zu ihnen nieder aus dem schwarzen Himmel, schneller als fallende Steine. Als sie landeten, gab es ein zischendes Geräusch, und das Gras verbrannte. All diese Sterne glitten durch das Tor und an Aslan vorüber. Ein wenig rechts hinter ihm stellten sie sich dann auf.

Das war gewiß ein Vorteil. Da jetzt keine Sterne mehr am Himmel leuchteten, wäre ohne sie alles dunkel gewesen und man hätte überhaupt nichts mehr gesehen. So aber warf die Menge der Sterne hinter Aslan ein grelles weißes Licht durch das Tor. Man konnte die Wälder und Flüsse von Narnia meilenweit ausgebreitet sehen, wie von Scheinwerfern erhellt. Die Büsche und fast jeder Grashalm warfen schwarze Schatten. Die Kante eines jeden Blattes war so scharf gezeichnet, als könnte man sich daran in die Finger schneiden.

Auf dem Rasen vor den Zuschauern lagen ihre eigenen Schatten;

der größte gehörte Aslan. Sein Schatten breitete sich zu ihrer Linken aus, ungeheuer groß und schrecklich. Das alles geschah unter einem Himmel, der jetzt sternenlos war für immer.

Das Licht hinter Aslan (und auch ein wenig rechts von ihm) war so stark, daß es sogar die Hänge der nördlichen Moore beleuchtete. Dort bewegte sich nun etwas. Riesige Tiere krochen und glitten nieder nach Narnia: große Drachen, Riesenechsen, Vögel ohne Federn und mit Schwingen wie Fledermausflügel. Sie verschwanden in den Wäldern.

Minutenlang herrschte Schweigen. Bald aber erklangen – zuerst von weit her – wehklagende Töne, und dann hörte man aus allen Richtungen ein Rauschen und Klatschen wie von Flügeln. Immer näher kam der Lärm. Nun konnte man schon das Hetzen kleiner Füße von dem Dahintrotten großer Pfoten unterscheiden und das Klick-klack leichter kleiner Hufe vom Donner der größeren. Dann konnte man sehen, wie Tausende von Augenpaaren glänzten, und schließlich rasten – außerhalb des Baumschattens – Tausende und aber Tausende den Hügel hinauf. Alle Arten von Geschöpfen kamen: sprechende Tiere, Zwerge, Faune, Riesen, Kalormenen, Leute aus dem Archenland, einfüßige und seltsam unirdische Wesen von weit entfernten Inseln oder aus den unbekannten Ländern im Westen. Sie alle rannten hinauf zur Tür, in der Aslan stand.

Dieses Erlebnis war für die Menschen eher ein Traum, an den sie sich später nur noch unklar erinnerten. Keiner konnte mehr sagen, wie lange der Zug gedauert hatte. Manchmal schienen es nur wenige Minuten gewesen zu sein, dann aber auch wieder viele lange Jahre. War die Tür etwa höher und breiter geworden? Oder waren die Tiere plötzlich so klein wie Mücken? Wie hätte denn sonst eine solche Menge durch die Tür gehen können?

Alle Tiere eilten herbei. Ihre Augen wurden größer, je näher sie den leuchtenden Sternen kamen. Als sie dann vor Aslan standen, wurde jedem von ihnen zuteil, was ihm zukam. Sie alle sahen Aslan ins Antlitz; doch sie hatten wohl auch keine andere Wahl, anderswohin zu schauen. Bei manchen Geschöpfen, die ihn anblickten, schwankte in den Gesichtern der Ausdruck von Furcht bis Haß. Bei sprechenden Tieren aber dauerte das Wechselspiel von Furcht und Haß nur den Bruchteil einer Sekunde. Man spürte es förmlich, wie sie im Nu aufhörten, sprechende Tiere zu sein. Sie wurden wieder gewöhnliche Tiere. Alle Geschöpfe, die Aslan in dieser Weise ansahen, schwenkten rechts ab (von Aslan aus gesehen nach links) und verschwanden in seinem riesigen schwarzen Schatten, der sich zur Linken der Türöffnung ausbreitete. Niemand hat sie je wieder gesehen oder weiß, was aus ihnen wurde. Die anderen Geschöpfe aber blickten in Aslans Gesicht und liebten ihn, wenn auch einige zur gleichen Zeit immer noch Angst hatten. Sie kamen zur Tür herein und gingen zur Rechten Aslans. Unter ihnen gab es auch einige sonderbare Wesen. Eustachius erkannte sogar einen Zwerg, der mitgeholfen hatte, die Pferde zu erschießen. Aber Eustachius hatte keine Zeit, sich darüber zu wundern (es ging ihn ja auch nichts an), denn er hatte eine große Freude. Unter den glücklichen Geschöpfen, die nun kamen und sich um Tirian und seine Freunde scharten, waren auch alle, die sie tot geglaubt hatten: Klughuf, der Zentaur, Kleinod, das Einhorn, der gute Eber und der gute Bär, Weitsicht, der Adler, die Hunde, die Pferde und Poggin, der Zwerg.

»Nur immer weiter und höher hinauf!« rief Klughuf und lief im Galopp nach Westen. Obwohl sie ihn nicht verstanden, gingen ihnen seine Worte zu Herzen. Der Eber grunzte ihnen fröhlich zu. Der Bär wollte gerade murmeln, er verstehe nichts, als er die Obstbäume hinter sich erblickte. So schnell er nur konnte, trottete er zu diesen Bäumen, und dort fand er wohl etwas, das er gut verstand. Die Hunde aber blieben schwanzwedelnd stehen. Auch Poggin hielt an; er schüttelte jedem die Hand und strahlte über sein treuherziges Gesicht. Kleinod lehnte sein schneeweißes Haupt über des Königs Schulter, und der König flüsterte in Kleinods Ohr. Dann aber drehten sie sich um und verfolgten das, was jenseits der Tür zu sehen war.

Die Drachen und Riesenechsen hatten nun Narnia ganz für sich. Sie gingen hin und her, rissen die Bäume mit den Wurzeln aus und zermalmten sie, als ob es Rhabarberstengel wären. Von einer Minute zur andern verschwanden ganze Wälder. Das weite Land wurde kahl, und man konnte alle möglichen Dinge in ihrer ursprünglichen Gestalt sehen – alle kleinen Buckel und Mulden, die man vorher gar nicht bemerkt hatte. Das Gras verschwand. Bald merkte Tirian, daß er nur noch auf eine Welt von nackten Felsen und Erde sah. Man konnte es kaum glauben, daß in Narnia je irgend etwas gelebt hatte. Die Ungeheuer selbst alterten, legten sich nieder und starben. Ihr Fleisch schrumpfte ein, und die Knochen traten hervor. Bald waren sie nur noch riesengroße Gerippe, die da und dort auf den toten Felsen lagen und aussahen, als seien sie schon tausend Jahre früher gestorben.

Lange Zeit war alles still.

Zuletzt bewegte sich draußen irgend etwas Weißes, eine lange blinkende Linie, die im Licht schimmerte, das die Sterne hinter dem Tor ausstrahlten. Sie lief vom östlichen Ende Narnias auf das Tor zu. Ein Geräusch brach das Schweigen, erst ein Murmeln, hierauf ein Dröhnen und dann ein Brüllen. Nun konnten sie alle sehen, was da kam. Es war ein schäumender Wasserschwall, es war das Meer, das da kam.

In der jetzt baumlosen Landschaft konnte man auch gut beobachten, wie alle Flüsse breiter wurden und die Seen größer, wie Seen zusammenflossen, Täler zu neuen Seen wurden, Hügel zu Inseln und wie diese Inseln wieder verschwanden. Die Hochmoore zu ihrer Linken und die höheren Berge zu ihrer Rechten zerfielen und gingen brüllend unter im steigenden Wasser. Das Wasser stieg quirlend herauf, bis zur Schwelle der Tür (strömte aber nicht hindurch), so daß der Schaum über Aslans Vorderpfoten spritzte. Überall war jetzt nur noch Wasser, vom Tor, wo sie standen, bis zum Horizont, wo das Wasser den Himmel traf.

Dort draußen vor dem Tor wurde es jetzt allmählich heller. Ein Streifen öder, unheilvoller Dämmerung breitete sich vom Himmelsrand aus und wurde weiter und heller. Nun brach die Sonne durch. Da sahen Lord Digory und Lady Polly einander an und nickten ein wenig. Sie hatten beide einmal in einer anderen Welt eine sterbende Sonne gesehen. Sie wußten sogleich, daß auch diese Sonne hier sterben mußte. Sie war dreimal, nein zwanzigmal größer als sonst und dunkelrot. Als ihre Strahlen auf den großen Riesen Zeit fielen, wurde auch er rot, und in dem Widerschein der Sonne sah die ganze Weite des uferlosen Wassers wie Blut aus.

Dann kam der Mond hervor, aber an einer falschen, ungewohnten Stelle, sehr nah bei der Sonne, und auch er sah ganz rot aus. An seiner Seite begann die Sonne große Flammen wie Bärte oder Schlangen aus grellrotem Feuer auf ihn abzuschießen. Wie ein riesiger Tintenfisch versuchte die Sonne, den Mond in ihre Greifarme zu ziehen. Vielleicht zog sie ihn auch, denn jedenfalls kam er zu ihr, erst langsam, dann immer schneller, bis zuletzt ihre langen Flammen ihn umleckten und die beiden zusammenflossen zu einem riesigen Feuerball. Große Feuerklumpen daraus fielen ins Meer, und Wolken von Dampf stiegen auf.

Dann sagte Aslan: »Nun macht ein Ende.«

Der Riese warf sein Horn ins Meer. Dann streckte er einen Arm, schwarzbehaart und tausend Meter lang, zum Himmel empor, bis seine Hand die Sonne erreichte. Er nahm die Sonne und zerquetschte sie wie eine Zitrone oder Orange. Sofort herrschte völlige Finsternis.

Alle, Aslan ausgenommen, wichen vor der eiskalten Luft zurück, die jetzt durch die Tür blies. Der Türrahmen war im Nu mit Eiszapfen bedeckt.

»Peter der Prächtige, König von Narnia«, sagte Aslan, »schließ die Tür!«

Peter, der vor Kälte zitterte, lehnte sich in die Dunkelheit hinaus und zog die Tür zu, die vor Eis knirschte. Dann nahm er schwerfällig (denn schon in diesem kurzen Augenblick waren seine Hände steif und blau gefroren) einen goldenen Schlüssel heraus und verschloß die Tür.

Sie hatten durch die Tür seltsame Dinge gesehen. Doch war es nicht noch seltsamer, als sie sich nun umschauten und sich im warmen Tageslicht wiederfanden, den blauen Himmel über sich, Blumen zu ihren Füßen und einem Lachen in Aslans Augen?
Aslan wandte sich rasch um, duckte sich, schlug mit dem Schwanz einen Kreis und schoß davon wie ein goldener Pfeil.
»Kommt weiter, weiter hinein und weiter hinauf!« rief er über die Schulter zurück. Aber wer konnte Schritt mit ihm halten? Langsam folgten sie ihm nach Westen.
»Nacht fällt auf Narnia«, sagte Peter. »Lucy, du weinst doch nicht etwa? Mit Aslan vor uns, und mit uns allen hinterdrein?«
»Willst du mich daran hindern, Peter?« fragte Lucy. »Ist es unrecht, um Narnia zu trauern? Denk doch nur an all diese toten und erfrorenen Dinge hinter der Tür.«
»Und ich hatte gehofft, daß es mit Narnia für immer so weiterginge«, sagte Jill. »Ich glaubte, Narnia bliebe ewig bestehen.«
»Ich habe seinen Anfang erlebt«, sagte Lord Digory. »Mußte ich weiterleben, um Narnia sterben zu sehen?«
»Ihr Herren«, sagte Tirian, »die Damen tun recht daran, zu weinen. Ich tue es auch. Ich habe meine Mutter sterben sehen. Welche Welt außer Narnia habe ich denn gekannt? Es wäre herzlos, wenn wir nicht klagten.«
Sie entfernten sich immer weiter von der Tür und von den Zwergen, die noch zusammengepfercht in ihrem eingebildeten Stall saßen. Während sie so gingen, sprachen sie von Krieg und Frieden, von den Königen der Vorzeit und all den Ruhmestaten in Narnia.
Die Hunde waren noch bei ihnen. Sie stimmten nur wenig in die Unterhaltung mit ein, weil sie vor- und zurückliefen, um im Gras herumzuschnüffeln, bis sie niesen mußten. Plötzlich griffen sie eine Spur auf, die sie sehr beschäftigte.
»Ja, es ist ... nein, es ist nicht ... das habe ich ja gerade gesagt ... jeder kann riechen, was das ist ... nimm doch deine große Nase aus dem Weg und laß auch andere daran riechen!« So ging es in einem fort.

»Was gibt es denn, ihr Vettern?« fragte Peter.
»Ein Kalormene, Sire«, meldeten mehrere Hunde zugleich.
»Dann führt uns zu ihm«, befahl Peter. »Ob in Frieden oder im Krieg, er soll uns willkommen sein.«
Die Hunde stürzten vorwärts und kamen einen Augenblick später zurück. Sie rannten, als hinge ihr Leben davon ab, und sie bellten laut, um zu melden, daß es wirklich ein Kalormene war. (Sprechende Hunde benehmen sich nämlich genauso wie die gewöhnlichen Hunde. Sie meinen, daß alles, was auch immer sie tun, gerade in diesem Augenblick ungeheuer wichtig ist.)
Die andern folgten, wohin die Hunde sie führten, und fanden einen jungen Kalormenen unter einem Kastanienbaum sitzen, neben einem klaren Bach. Es war Emeth. Er stand auf und verbeugte sich.
»Mein Herr«, wandte er sich an Peter, »ich weiß nicht, ob Ihr mein Freund oder Feind seid. Aber ich rechnete es mir zur Ehre an, wenn Ihr mir das eine oder das andere sein könntet. Hat nicht einmal ein Dichter gesagt, daß ein edler Freund die beste Gabe und ein edler Feind die nächstbeste sei?«
»Mein Herr«, erwiderte Peter, »warum sollte denn Feindschaft zwischen uns sein?«
»Sag uns, wer du bist und ob wir dir helfen können«, warf Jill ein.
»Wenn es eine lange Geschichte wird, wollen wir alle trinken und uns dann hinsetzen«, bellten die Hunde. »Wir sind ganz außer Atem.«
»Kein Wunder, wenn ihr so herumrennt«, sagte Eustachius.
So setzten sich die Menschen ins Gras, und als alle Hunde im Bach geschlabbert hatten, setzten auch sie sich nieder, kerzengerade und nach Luft schnappend. Die Zungen hingen ihnen seitlich aus dem Maul, und sie hörten sich die Geschichte mit an. Kleinod aber blieb stehen und rieb sein Horn an der Flanke.

»Wisset, o kriegerische Könige«, sagte der Kalormene, »und Ihr, werte Damen, deren Schönheit das Weltall schmückt, daß ich Emeth bin, der siebente Sohn von Harpha Tarkaan aus der Stadt Tehishbaan, westwärts hinter der Wüste. Ich kam spät nach Narnia, mit neunundzwanzig anderen, unter der Führung von Rishda Tarkaan. Ich hörte, daß wir nach Narnia marschieren sollten, und freute mich. Über Euer Land hatte ich viel gehört und wünschte mir, Euch in der Schlacht zu begegnen. Aber als ich begriff, daß wir als Kaufleute verkleidet gehen mußten – was für eine schmachvolle Verkleidung für einen Krieger und Sohn eines Tarkaans! – und mit Lügen und Betrügereien arbeiten sollten, da verlor ich die Lust. Wir mußten sogar auf einen Affen warten, der es wagte zu sagen, Tash und Aslan seien eins. Da wurde die Welt in meinen Augen dunkel. Denn immer, schon als Knabe, diente ich Tash. Mein großer Wunsch war, mehr von ihm zu wissen und wenn möglich sein Angesicht zu schauen. Aber der Name Aslan war mir verhaßt.

Wie Ihr gesehen habt, wurden wir außerhalb des strohgedeckten Stalles zusammengerufen, Nacht für Nacht. Das Feuer wurde entzündet, und der Affe brachte aus dem Stall ein Ding auf vier Beinen heraus, aber das konnte ich nicht genau sehen. Menschen und Tiere verneigten sich und erwiesen ihm Ehre. Ich dachte mir, der Affe betrügt den Tarkaan, denn das Ding aus dem Stall schien mir weder Tash noch irgendein anderer Gott. Als ich des Tarkaans Gesicht beobachtete und mir jedes Wort merkte, das er zu dem Affen sagte, da änderte ich meine Meinung. Ich sah, daß der Tarkaan selbst nicht daran glaubte. Da begriff ich, daß er überhaupt nicht an Tash glaubte. Hätte er an ihn geglaubt, wie konnte er ihn dann verspotten?

Als ich alles begriff, packte mich die helle Wut, und ich wunderte mich, daß der echte Tash nicht beiden, den Affen und den Tarkaan, mit Feuer vom Himmel niederstreckte. Ich verbarg meinen

Zorn, hütete meine Zunge und wartete gespannt, wie es enden würde. Aber in der letzten Nacht, wie Ihr wohl wißt, brachte der Affe kein gelbes Ding heraus. Nun sprach er von Tashlan, denn so mischten sie die beiden Wörter Tash und Aslan, um vorzutäuschen, daß beide eins seien. Er sagte, ›alle, die Tashlan sehen wollen, müssen einer nach dem andern in den Stall gehen‹. Das war doch, wie mir schien, eine neue Betrügerei.

Dann ging der Kater hinein und kam, von Entsetzen gepackt, wieder heraus. Da meinte ich, sicher ist nun der echte Tash, den sie ohne wahren Glauben anriefen, zu uns gekommen und will sich rächen. Mein Herz zitterte vor der Größe und der Gewalt des Tash, aber mein Verlangen war doch größer als meine Furcht. Ich bezwang meine Knie, daß sie aufhörten zu zittern, und meine Zähne, daß sie nicht mehr klapperten. Ich wollte Tash ins Angesicht blicken, obwohl er mich töten konnte. So erbot ich mich, in den Stall zu gehen; und der Tarkaan erlaubte es mir, wenn auch wider seinen Willen.

Kaum war ich zur Tür herein, da kam auch schon das erste Wunder. Ich befand mich im hellen Sonnenlicht – wie wir alle jetzt. Dabei hatte doch die Innenseite des Stalles von draußen dunkel ausgesehen. Aber ich hatte keine Zeit, mich darüber zu wundern. Ich mußte sofort einen Kampf auf Leben und Tod gegen einen unserer eigenen Männer austragen. Sobald ich den Mann sah, verstand ich, daß der Affe und der Tarkaan ihn auf diesen Posten gestellt hatten. Er sollte jeden erschlagen, der hereinkam, wenn er nicht in ihr Geheimnis eingeweiht war. Dieser Mann war ein Lügner und Spötter und kein treuer Diener des Tash. Ich erschlug den Schurken und warf ihn hinter mir zur Tür hinaus.

Dann blickte ich um mich und sah den Himmel und die weiten Länder und atmete ihren Wohlgeruch. Ich sagte mir: ›Bei den Göttern, welch schöne Gegend! Bin ich vielleicht in das Land des Tash gekommen?‹ So zog ich in dem fremden Land umher, um ihn zu suchen.

Ich schritt über Gras und Blumen und zwischen allen möglichen

Arten von heilsamen und wunderlichen Bäumen hindurch, bis ich zu einem schmalen Platz zwischen zwei Felsen kam. Da begegnete mir ein gewaltiger Löwe, schnell wie ein Strauß und groß wie ein Elefant. Seine Mähne glich reinem Gold, und die Helle seiner Augen war wie flüssiges Gold im Schmelzofen. Er war schrecklicher als der flammende Berg von Lagur, und an Schönheit übertraf er alles in der Welt, so wie die Rose in der Blüte den Staub der Wüste übertrifft.

Da fiel ich vor ihm nieder und dachte, das ist meine Todesstunde, denn der Löwe – der aller Ehren würdig ist – wird schon wissen, daß ich immer Tash gedient habe und nicht ihm. Aber ist es nicht besser, den Löwen zu sehen und dann zu sterben, als der Tisroc der Welt zu sein und zu leben, ohne ihn zu sehen?

Der Ruhmreiche beugte sein goldenes Haupt, berührte meine Stirn mit der Zunge und sagte: ›Sohn, sei mir willkommen!‹

Aber ich erwiderte Aslan: ›Du Gewaltiger, ich bin nicht dein Sohn, sonder ein Diener des Tash!‹

Er antwortete: ›Kind, allen Dienst, den du Tash geleistet hast, rechne ich dir als Dienst an, der mir galt.‹

Da überwand ich meine Furcht, weil ich nach Weisheit und Verstehen dürstete, und ich fragte den Ruhmreichen: ›Herr, ist es denn wahr, wie der Affe sagte, daß du und Tash eins sind?‹

Da brüllte der Löwe, so daß die Erde bebte – aber sein Zorn galt nicht mir – und er sagte: ›Das ist falsch. Nicht weil Tash und ich eins sind, sondern weil wir Gegenspieler sind, nehme ich die Dienste, die du ihm geleistet hast, für mich an. Wenn jemand bei Tash schwört und hält seinen Eid um des Eides willen, so hat er wahr geschworen, obgleich er es nicht weiß, und ich belohne ihn dafür. Wenn jemand in meinem Namen etwas Grausames tut, dann dient er, obwohl er den Namen Aslan nennt, doch dem Tash, und Tash nimmt seine Tat an. Verstehst du das, mein Sohn?‹

Ich erwiderte: ›Herr, du weißt, wieviel ich vestehe.‹ Aber ich sagte auch – denn die Ehrlichkeit drängte mich –: ›Ich habe stets Tash gesucht.‹

›Geliebter‹, sagte der Ruhmreiche, ›ohne dein Verlangen nach mir hättest du niemals so gesucht. Denn alle finden, was sie getreulich suchen.‹

Dann hauchte er mich an und nahm mir das Zittern der Glieder, so daß ich wieder auf meinen Füßen stehen konnte. Dann sprach er nicht mehr viel; er sagte, wir würden uns wiedersehen und ich müsse gehen, weiter hinein und weiter hinauf. Dann drehte er sich um, in einem Sturm und Stieben von Gold, und war plötzlich gegangen.

Seitdem, Ihr Könige und hohen Damen, wandere ich, um ihn zu finden, und mein Glück ist so groß, daß es mich schwächt wie eine Wunde. Denn das ist das Wunder der Wunder, daß er mich Geliebter nannte, mich, der ich schlechter als ein Hund bin.«

»Was soll das denn?« knurrte einer der Hunde.

»Mein Lieber«, beruhigte ihn Emeth, »das ist nur so eine Redensart bei uns in Kalormen.«

»Die mag ich aber gar nicht«, sagte der Hund.

»Er meint es nicht böse«, warf ein älterer Hund ein. »Wir nennen ja auch unsere Welpen ›Jungen‹, wenn sie sich nicht anständig benehmen.«

»Das stimmt«, sagte der erste Hund. »Oder *Mädchen*.«

»Sch!« machte der ältere Hund. »Das Wort solltest du besser nicht verwenden. Denk daran, wo wir sind!«

»Schaut nur!« sagte Jill plötzlich.

Furchtsam kam ihnen etwas entgegen: ein anmutiges Geschöpf auf vier Füßen, ganz silbergrau. Zehn Sekunden lang starrten sie es an, bevor mehrere Stimmen gleichzeitig riefen: »Der alte Wirrkopf!« Sie hatten ihn nicht mehr bei Tageslicht ohne Löwenhaut gesehen, und das war doch ein großer Unterschied. Wirrkopf war jetzt er selbst: ein wunderhübscher Esel mit einem weichen silbergrauen Fell und einem ruhigen, ehrlichen Gesicht. Hätte man ihn gesehen, so hätte man wohl auch das getan, was Jill und Lucy taten – sie stürzten auf ihn zu, legten ihre Arme und seinen Hals und streichelten seine Ohren.

Als sie ihn fragten, wo er gewesen sei, erklärte Wirrkopf, er sei zur Tür hereingekommen, mitten unter den andern Geschöpfen. Er hätte sich möglichst aus Aslans Weg gehalten, denn der Anblick des wahren Löwen habe ihn so beschämt, daß er nicht gewußt hätte, wie er noch jemandem in die Augen schauen sollte. Aber dann hätte er gemerkt, daß seine Freunde nach Westen gegangen seien. Nachdem er ein Maul voll Gras gefressen (»in meinem ganzen Leben habe ich nie so ein gutes Gras gekostet«, sagte er), hätte er seinen ganzen Mut zusammengenommen und sei ihnen gefolgt. »Aber was ich tue, wenn ich Aslan wirklich treffe, weiß ich noch nicht«, fügte er hinzu.

»Du wirst schon merken, daß alles in Ordnung geht, wenn du ihn triffst«, sagte Königin Lucy.

Dann gingen sie alle zusammen weiter, immer nach Westen. Diese Richtung hatte Aslan wohl gemeint, als er rief: »Weiter hinein und weiter hinauf!« Viele Geschöpfe trotteten gemächlich denselben Weg; aber dieses grüne Land war weit, und es gab kein Gedränge. Die Luft war morgenfrisch. Sie hielten wiederholt an, um sich umzusehen, weil es so schön war, aber auch, weil es da etwas gab, was sie nicht verstanden.

»Peter«, fragte Lucy, »wo sind wir, was meinst du?«

»Ich weiß nicht«, erwiderte König Peter der Prächtige. »Das Land hier erinnert mich an etwas, aber ich kann es nicht beim Namen nennen. Könnte es irgendwo sein, wo wir Ferien machten, als wir klein waren?«

»Es müssen fröhliche Ferien gewesen sein«, sagte Eustachius. »Ich wette, es gibt kein Land wie dieses Land in unserer irdischen Welt. Seht ihr die Farben? Es gibt in unserer Welt kein Blau wie dieses Blau auf jenen Bergen dort.«

»Ist das denn nicht Aslans Land?« fragte Tirian.

»Jedenfalls sieht es nicht aus wie Aslans Land auf dem Gipfel des Gebirges jenseits des östlichen Endes von Narnia«, meinte Jill. »Da bin ich nämlich gewesen.«

»Wenn ihr mich fragt«, erklärte Edmund, »so sind wir irgendwo in

Narnia. Schaut auf die Berge vor uns und auf die großen Eisberge jenseits davon: sie sehen alle aus wie die Berge von Narnia. Ich meine, wie die Berge oben über dem Wasserfall beim Laternendikkicht.«

»Ja, so ist es«, sagte Peter. »Diese Berge hier sind nur etwas größer.«

»Ich glaube nicht, daß diese Berge genauso sind wie die Berge in Narnia«, sagte Lucy. »Aber seht dort!« Sie zeigte südwärts zu ihrer Linken, und alle standen still und wandten sich um. »Diese Hügel«, fragte Lucy, »die schönen bewaldeten und dahinter die blauen – gleichen sie nicht den südlichen Grenzen von Narnia?«

»Ganz genau!« rief Edmund nach einem Augenblick des Schweigens. »Wirklich, sie sind ganz gleich. Schaut, da ist unser Berg, der Gabelkopf, und da ist der Paß zum Archenland.«

»Aber sie sind nicht wirklich gleich«, sagte Lucy. »Sie sind anders. Sie sind farbiger und sehen weiter entfernt aus, als ich sie in Erinnerung habe. Sie sind mehr . . . mehr . . . ja, ich weiß nicht . . .«

»Mehr als das Wirkliche«, sagte Lord Digory sanft.

Plötzlich spreizte Weitsicht, der Adler, seine Schwingen, stieg zehn oder zwölf Meter in die Luft auf, kreiste herum und setzte dann leicht wieder auf dem Boden auf.

»Könige und Königinnen«, rief er, »wie sind wir doch alle blind gewesen! Jetzt erst fangen wir an zu sehen, wo wir sind. Von oben habe ich alles erblickt: Ettinsmoor, den Biberdamm, den Großen Fluß und Feeneden, das noch am Rande der Östlichen See liegt. Narnia ist nicht tot. Das hier ist Narnia.«

»Aber wie kann das sein?« fragte Peter. »Aslan sagte uns doch, wir Älteren kehrten niemals mehr nach Narnia zurück, und doch sollen wir in Narnia sein?«

»Ja«, erwiderte Eustachius, »wir sahen doch, wie Narnia zerstört und die Sonne ausgelöscht wurde.«

»Alles hier ist auch so anders«, stellte Lucy fest.

»Der Adler hat recht«, erklärte Lord Digory. »Hör zu, Peter. Als Aslan sagte, du könntest nie mehr nach Narnia zurückkehren, meinte er das Narnia, das in deiner Vorstellung lebte. Aber das war nicht das richtige Narnia. Das hatte einen Anfang und ein Ende. Es war nur ein Schatten oder ein Abklatsch des wirklichen Narnia, das immer hier gewesen ist und sein wird – genauso wie unsere eigene Welt, unser Land und alles übrige nur ein Schatten ist oder ein Abklatsch von etwas in Aslans wirklicher Welt. Du brauchst um Narnia nicht zu trauern, Lucy. Alles, was noch zum alten Narnia gezählt hat, all die lieben Geschöpfe, sind durch die Tür in das wirkliche Narnia gezogen. Natürlich ist es anders, ebenso verschieden wie ein wirkliches Ding von einem Schatten. So verschieden, wie wirkliches Leben sich von einem Traum unterscheidet.«

Als er diese Worte sprach, klang seine Stimme allen wie Posaunenschall. Flüsternd fügte er hinzu: »Ihr findet das alles schon bei dem Philosophen Platon, alles steht schon bei Platon. Du lieber Himmel, was *lehren* sie bloß an diesen Schulen!«

Die älteren Kinder lachten. Genauso hatte Digory in der irdischen Welt gesprochen, als sein Bart noch grau war statt golden. Er wußte, warum sie lachten, und er stimmte in das Lachen mit ein. Aber sehr schnell wurden wieder alle ernst. Man weiß ja, es gibt eine Art Glück, die einen ernst stimmt. Sie ist zu gut, um sie mit Scherzen zu verschwenden.

Worin dieses sonnenbeschienene Land sich von dem alten Narnia unterschied, ist ebenso schwer zu erklären, als wenn man erläutern wollte, wie die Früchte dieses Landes schmecken. Vielleicht bekommt man eine Ahnung davon, wenn man ungefähr folgendermaßen denkt:

Man stellt sich einen Raum vor mit nur einem Fenster. Durch das Fenster kann man auf eine liebliche Meeresbucht hinaussehen oder auf ein grünes Tal. An der Wand dieses Raumes, dem Fenster genau gegenüber, hängt ein Spiegel. Wenn man sich vom Fenster abwendet, dann erblickt man plötzlich das Meer oder das Tal in diesem Spiegel. Das Meer oder das Tal im Spiegel zeigen jedoch das wirkliche Meer oder das wirkliche Tal vor dem Fenster mehr wie

Orte in einer Geschichte. Die Wirklichkeit draußen vor dem Fenster ist aber viel tiefer und wunderbarer.

Der Unterschied zwischen dem alten und dem neuen Narnia war ebenso. Das neue Narnia war ein Land mit tieferem Sinn: jeder Felsen, jede Blume und jeder Grashalm sahen so aus, als ob sie noch mehr bedeuteten.

Man kann es nicht besser beschreiben als so. Kommt jemand dorthin, wird er wissen, was gemeint ist.

Das Einhorn faßte zusammen, was jeder fühlte. Mit dem rechten Vorderhuf stampfte es den Boden, wieherte laut und rief dann: »Nun bin ich doch noch nach Hause gekommen! Das ist meine wahre Heimat. Hierher gehöre ich. Nach diesem Land habe ich mich mein ganzes Leben lang gesehnt. Aber das wußte ich bis jetzt nicht. Warum liebten wir das alte Narnia? Weil es manchmal ein bißchen wie dieses Land hier aussah. Kommt weiter, weiter hinein und weiter hinauf!«

Kleinod schüttelte seine Mähne und sprang in vollem Galopp vorwärts, in einem Einhorngalopp, der ihn in unserer Welt in wenigen Minuten aus dem Blickfeld aller getragen hätte. Aber nun kam etwas Spaßiges. Jeder begann zu laufen, und zu ihrem Erstaunen konnten sie Schritt halten mit Kleinod, nicht nur die Hunde und Menschen, sogar der kleine Esel Wirrkopf und der kurzbeinige Zwerg Poggin. Die Luft blies ihnen ins Gesicht, als ob sie in einem schnellfahrenden Auto ohne Windschutzscheibe säßen. Das Land flog an ihnen vorüber, als ob sie es aus den Fenstern eines Schnellzuges sähen. Schneller, immer schneller liefen sie, aber keinem wurde heiß, keiner wurde müde, keiner kam außer Atem.

Könnte man laufen, ohne müde zu werden, dann möchte man oft nichts anderes tun. Aber es kann besondere Gründe geben, die einen plötzlich im Laufen innehalten lassen. Und es war ein besonderer Grund, der Eustachius plötzlich ausrufen ließ: »Halt! Schaut mal, wohin wir kommen!«

Er hatte recht, denn nun sahen sie den Kesselteich vor sich und dahinter die hohen unbezwingbaren Berge. In jeder Sekunde flossen von den Felsen Tausende von Tonnen Wasser herab, das an manchen Stellen wie Diamanten glitzerte, an anderen dunkel und glasig grün war. Das war der Wasserfall. Schon klang sein Donnern in ihren Ohren.

»Nicht stehenbleiben! Weiter hinein und weiter hinauf!« rief Weitsicht und stieg im Flug ein wenig aufwärts.

»Für ihn ist das alles sehr schön«, sagte Eustachius, aber auch Kleinod rief:

»Bleibt nicht stehen! Weiter hinein und weiter hinauf! Ohne Rast und ohne Umweg!«

Seine Stimme war bei dem Getöse des Wassers gerade noch zu hören. Im nächsten Augenblick aber sah man, daß Kleinod in den Teich getaucht war. Holterdiepolter, mit Spritzen und Planschen folgten ihm die anderen ins Wasser. Das Wasser war nicht beißend kalt, wie alle – vor allem der Esel – erwartet hatten, sondern von einer herrlich schaumigen Kühle. Sie merkten, daß sie auf den Wasserfall zuschwammen.

»Das ist doch verrückt!« sagte Eustachius zu Edmund.

»Ich weiß«, erwiderte Edmund.

»Ist es nicht wundervoll?« fragte Lucy. »Habt ihr bemerkt, hier kann man sich nicht fürchten, selbst wenn man es will. Versucht es doch.«

»Beim Himmel, keiner kann es«, sagte Eustachius, nachdem er es versucht hatte.

Kleinod erreichte als erster den Wasserfall, aber Tirian war gleich hinter ihm. Jill war die letzte und konnte so alles besser als die andern sehen. Sie sah etwas Weißes, das sich geradewegs auf der Oberfläche des Wasserfalls nach oben bewegte. Das weiße Ding war Kleinod. Man konnte nicht sagen, ob das Einhorn schwamm oder kletterte, aber es kam höher und immer höher. Die Spitze seines Horns teilte das Wasser genau über seinem Kopf, und die Flut fiel in zwei regenbogenfarbigen Strömen über seine Schultern herab. Direkt hinter ihm kam König Tirian. Er bewegte seine Arme und Beine wie beim Schwimmen, aber er stieg gerade aufwärts, als ob man eine Hauswand hinaufschwimmen könnte.

Am spaßigsten sahen die Hunde aus. Während des Laufs waren sie nicht außer Atem gekommen, aber nun, als sie nach oben kletterten, gab es ein großes Prusten und Niesen. Das kam daher, weil sie dauernd bellen wollten, und jedesmal, wenn sie bellten, bekamen sie ihre Mäuler und Nasen voll Wasser, das ihr Bellen erstickte.

Aber ehe Jill noch Zeit hatte, das alles zu bemerken, stieg sie selbst den Wasserfall hinauf.

So etwas wäre in unserer Welt ganz unmöglich gewesen. Selbst dann, wenn man nicht ertrunken wäre, hätte die schreckliche Wucht des Wassers einen zerschmettert. Aber in diesem neuen Narnia konnte man einen Wasserfall hinansteigen. Man kam voran, immer höher und höher. Das Licht brach und spiegelte sich im Wasser. Farbige Steinchen schimmerten durch die Fluten, und es schien, als kletterte man am Licht selbst herauf, immer höher und höher, bis das Gefühl der Höhe einen erschreckte, wenn man überhaupt erschreckt werden konnte, denn hier fand man es nur herrlich aufregend. Zuletzt kam man zu der grünen Anhöhe, über die das Wasser hinab in die Tiefe schoß. Dann war man oben auf dem großen Fluß über dem Wasserfall. Die Strömung jagte hinter einem fort in die Tiefe, aber hier in Narnia war man so stark, daß man gegen die Strömung anschwimmen konnte. Bald standen alle am Ufer des Flusses, triefend, aber glücklich.

Ein langes Tal öffnete sich vor ihnen, und große Schneeberge, nun viel näher, ragten vor ihnen gegen den Himmel auf.

»Weiter hinein und weiter hinauf!« rief Kleinod, und sofort machten sie sich wieder auf den Weg.

Jetzt hatten sie Narnia verlassen und befanden sich in der Westlichen Wildnis, die weder Tirian noch Peter, noch der Adler je vorher gesehen hatten. Aber Lord Digory und Lady Polly hatten sie gesehen.

»Erinnerst du dich? Erinnerst du dich?« fragten sie mit fester Stimme, ohne nach Atem zu ringen, obwohl die ganze Gesellschaft schneller rannte, als ein Pfeil dahinfliegt.

»Ach, Lord«, fragte Tirian, »ist es denn wahr, wie die Geschichte erzählt, daß ihr beide hier gereist seid am ersten Tag, als Narnia erschaffen wurde?«

»Ja«, erwiderte Digory, »und es scheint mir, als wenn es erst gestern gewesen wäre.«

»Auf einem fliegenden Pferd?« fragte Tirian. »Ist das denn wahr?«

»Ja, gewiß«, sagte Digory. Aber die Hunde riefen: »Schneller, schneller!«

So liefen sie schneller und schneller, bis es mehr ein Fliegen war. Sogar der Adler über ihnen flog nicht schneller als sie. Sie eilten durch ein gewundenes Tal die steilen Hänge der Berge hinauf und schneller denn je auf der anderen Seite hinunter. Sie folgten dem Fluß und überquerten ihn. Über Bergseen rasten sie, als wären sie lebende Schnellboote, bis sie am Ende eines langen Sees, der so blau aussah wie ein Türkis, einen grünen Hügel erblickten. Seine Hänge waren so steil wie die Seiten einer Pyramide. Rund um seine oberste Spitze aber lief ein grüner Wall, und über dem Wall erhoben sich die Zweige von Bäumen, deren Blätter wie Silber blinkten und deren Früchte wie Gold waren.

»Weiter hinein und weiter hinauf!« rief das Einhorn, und keiner blieb zurück. Sie rannten zum Fuß des Berges und stürmten hinauf wie eine Welle, die am Ufer des Meeres gegen einen Felsen anrennt. Obwohl der Hügel so steil war wie das Dach eines Hauses und das Gras so glatt wie nasser Rasen auf einem Fußballfeld, rutschte keiner aus. Erst als sie den obersten Gipfel erreicht hatten, gingen sie langsamer, weil sie große goldene Tore vor sich sahen. Einen Augenblick lang war keiner von ihnen kühn genug zu versuchen, ob die Tore sich öffneten. Sie alle zögerten wie bei den Früchten und dachten: Wagen wir es? Ist es denn recht? Kann es für uns bestimmt sein?

Während sie noch überlegten, ertönte hinter den Toren eine Trompete, und die Pforten sprangen auf. Tirian hielt den Atem an und wartete neugierig, wer herauskommen würde. Was dann herauskam, hatte er am wenigsten erwartet: eine kleine, glatte, helläugige Maus mit einer roten Feder an einem kleinen Reif, den sie um den Kopf trug; in ihrer linken Pfote hielt sie ein langes Schwert. Sie machte ihre allerschönste Verbeugung und rief mit schriller Stimme:

»Willkommen in des Löwen Namen. Kommt weiter hinein und weiter hinauf!«

Dann sah Tirian, wie die Könige Peter und Edmund und Königin Lucy vorwärts stürzten. Sie knieten nieder und begrüßten die Maus, und alle riefen: »Riepischiep, Riepischiep!«

Tirian atmete schneller. Nun sah er einen der größten Helden von Narnia, Riepischiep, die Maus, die in der großen Schlacht von Beruna gekämpft hatte und danach mit König Kaspian dem Seefahrer bis ans Ende der Welt gesegelt war.

Aber ehe Tirian noch Zeit zum Nachdenken hatte, fühlte er, wie sich zwei starke Arme um ihn legten und er einen bärtigen Kuß auf die Wange bekam. Er hörte eine Stimme sagen, an die er sich noch gut erinnern konnte: »Na, Bursche? Bist du denn dicker und größer geworden, seitdem ich dich zuletzt gesehen habe?«

Das war sein eigener Vater, der gute König Erlian. Doch sein Vater sah nicht mehr aus, wie Tirian ihn zuletzt gesehen hatte, als sie ihn bleich und verwundet aus der Schlacht mit dem Riesen heimbrachten. Dies hier war sein junger und fröhlicher Vater aus sehr frühen Tagen, an die Tirian sich noch genau erinnern konnte. Damals war er selbst ein kleiner Knabe gewesen und hatte mit seinem

Vater zusammen im Schloßgarten von Feeneden gespielt, bevor es an Sommerabenden Zeit zum Schlafengehen war. Er spürte deutlich den Geschmack von Brot und Milch, die es in jenen Tagen gewöhnlich zum Abendessen gegeben hatte.

Kleinod sagte sich: »Ich werde sie verlassen, damit sie ein wenig plaudern können, und dann will ich den guten König Erlian begrüßen. Er hat mir manch herrlichen Apfel gegeben, als ich noch ein Fohlen war.«

Im nächsten Augenblick aber hatte Kleinod an etwas anderes zu denken, denn aus dem Torweg kam ein Wesen, so mächtig und edel, daß sogar ein Einhorn sich in seiner Gegenwart schüchtern fühlte: ein großes geflügeltes Pferd. Es blickte Lord Digory und Lady Polly an und wieherte laut: »Ach, ihr Lieben!« Und sie riefen beide: »Flügelpfeil! Guter alter Flügelpfeil!« und stürzten hin, um ihn zu umhalsen.

Mittlerweile forderte die Maus alle auf, in den Garten einzutreten. So gingen sie denn durch die goldenen Tore, dem feinen Duft entgegen, der zu ihnen aus dem Garten wehte, und tauchten in die kühle Mischung aus Sonnenlicht und Schatten unter den Bäumen. Sie schritten auf federndem Rasen, der über und über mit weißen Blumen gesprenkelt war. Jedem fiel auf, daß der Platz viel größer war, als er von außen erschien, aber niemand hatte Zeit, darüber nachzudenken, denn es kamen Leute aus allen Richtungen herbei, um die Gäste zu begrüßen. Jeder, von dem man einmal gehört hat (wenn man die Geschichte dieser Länder kennt), schien anwesend zu sein. Da waren König Rilian, der Entzauberte, seine Mutter, die Sternentochter, und Rilians großer Vater Kaspian. Nahe an seiner Seite standen Lord Drinian und Lord Berne, Trumpkin, der Zwerg, der gute Dachs Trüffeljäger und Talsturm, der Zentaur. Von der anderen Seite kamen Kor, der König von Archenland, sein Vater König Lune mit seiner Frau Aravis und dem tapferen Prinzen Korin-Donnerfaust.

Das war ein Grüßen und Küssen und Händeschütteln! Alte Späße lebten wieder auf. (Wer hat eine Ahnung, wie gut ein alter Witz

klingt, wenn man ihn nach einer Ruhepause von fünf- oder sechshundert Jahren hervorholt?) Die ganze Gesellschaft bewegte sich zum Mittelpunkt des Obstgartens, wo der Vogel Phönix in einem Baum saß und auf alle herabschaute.

Am Fuß jenes Baumes standen zwei Thronsessel, auf denen ein König und eine Königin saßen, so groß und schön, daß sich jedermann vor ihnen verneigte. Man tat recht daran, denn es waren König Frank und Königin Helen, von denen die meisten alten Könige von Narnia und Archenland abstammen. Tirian fühlte sich, wie du dich fühlen würdest, wenn du vor Adam und Eva ständest.

Ungefähr eine halbe Stunde später – oder war es ein halbes Jahrhundert danach, denn die Zeit dort gleicht nicht der Zeit hier – stand Lucy mit ihrem lieben Freund, dem Faun Tumnus, zusammen. Sie sahen über die Mauer des Gartens hinab und erblickten unten ganz Narnia vor sich ausgebreitet. Schaute man hinunter, so fand man, dieser Hügel sei doch viel höher, als man gedacht hatte. Er fiel herab mit leuchtenden Klippen, Hunderte von Metern tief, und die Bäume in dieser tieferen Welt sahen nicht größer aus als Salzkörner. Dann wandten sie sich wieder um und standen mit dem Rücken zur Mauer und blickten auf den Garten.

»Ich sehe«, sagte Lucy gedankenvoll, »ich sehe es jetzt deutlicher. Dieser Garten ist wie der Stall. Er ist innen viel größer als außen.«

»Natürlich, Tochter Evas«, sagte der Faun. »Je weiter hinein und je weiter hinauf du gehst, um so größer wird alles. Die Innenseite ist größer als die Außenseite.«

Lucy blickte genau in den Garten und merkte, daß es in Wirklichkeit gar kein richtiger Garten war, sondern eine ganze Welt mit ihren eigenen Flüssen, Wäldern und Bergen. Aber diese Welt war ihr nicht fremd, sie kannte alles.

»Ich sehe«, sagte sie, »das ist noch Narnia, und zwar wirklicher und schöner als das Narnia da unten. Das Narnia da unten wiederum ist wirklicher und schöner als das Narnia außerhalb der Tür! Ich sehe ... Welt innerhalb der Welt, Narnia innerhalb von Narnia ...«

»Ja«, sagte Herr Tumnus, »ganz wie bei einer Zwiebel, nur daß hier bei uns die inneren Schalen größer sind als die äußeren.«
Lucy schaute bald hierhin, bald dorthin und fand, daß ihr etwas Neues und Wundersames geschehen war. Worauf sie auch blickte, wie weit auch immer, es wurde ganz klar und in ihre Nähe gerückt, als ob sie durch ein Fernrohr sähe. Sie konnte die ganze südliche Wüste sehen und jenseits die große Stadt Tashbaan, im Osten sah sie Feeneden und sogar das Fenster des Zimmers, das einst ihr eigenes gewesen war. Weit draußen im Meer konnte sie die Inseln entdecken, Insel nach Insel bis zum Ende der Welt, und darüber das riesige Gebirge, das sie Aslans Land nannten. Aber jetzt bemerkte sie, daß es ein Teil einer Kette von Bergen war, die die ganze Welt umschlossen. Greifbar nahe schienen sie vor ihr zu liegen. Dann blickte sie nach links und sah etwas, was sie für eine große hellfarbige Wolkenwand hielt. Doch dann schaute sie genauer hin, und da war es gar keine Wolke mehr, sondern ein richtiges Land. Als ihre Augen auf einen ganz bestimmten Punkt fielen, rief sie Peter und Edmund. »Kommt und seht, kommt schnell!«
Die beiden kamen und schauten, denn ihre Augen waren jetzt so beschaffen wie Lucys Augen.
»Was!« schrie Peter. »Das ist doch England! Da liegt das Haus, Professor Kirks altes Haus, wo unsere Abenteuer begannen.«
»Ich dachte, das Haus wäre zerstört worden«, sagte Edmund.
»So war es«, erklärte der Faun. »Aber du blickst nun auf das England innerhalb Englands, das wirkliche England, genau wie dies hier das wirkliche Narnia ist. Und in dem inneren England ist nichts zerstört worden. Doch hört, das Horn von König Frank ruft. Wir müssen gehen.«
Wenig später schritten sie alle zusammen in einer langen Prozession hinauf in die Berge, in höhere Berge, als man sie in dieser Welt je sehen könnte, selbst wenn sie dort zu sehen wären. Aber es lag kein Schnee auf diesen Bergen. Da gab es Wälder und grüne Hänge und einladende Obstgärten und glitzernde Wasserfälle,

einer über dem anderen. Das Land, zu dem sie wanderten, kam immer näher. Lucy sah, daß jetzt vor ihnen eine Reihe vielfarbiger Felsen wie eine Treppe für Riesen nach oben führte. Diese Treppe hinab aber kam Aslan, von Fels zu Fels sprang er tiefer, wie ein lebendiger Wasserfall aus Macht und Schönheit.
Das erste Wesen, das Aslan zu sich rief, war Wirrkopf. Wo sah man je einen Esel, der so schwach und einfältig aussah wie Wirrkopf, als er zu Aslan ging? Neben Aslan wirkte er wie ein kleines Kätzchen neben einem Bernhardiner. Der Löwe bog seinen Kopf herab und flüsterte Wirrkopf etwas zu, bei dem die langen Ohren des Esels sich senkten; aber dann flüsterte Aslan etwas anderes, bei dem sich die Ohren des Esels wieder aufrichteten. Die Menschen konnten nicht hören, was Aslan die beiden Male geflüstert hatte. Dann wandte er sich den anderen zu und sagte:
»Ihr seht noch nicht so glücklich aus, wie ihr aussehen solltet.«
Da erwiderte Lucy: »Wir fürchten, daß du uns wieder fortschickst, Aslan. Du hast uns doch schon so oft in unsere eigene Welt zurückgeschickt.«
»Keine Angst«, beruhigte sie Aslan. »Ahnt ihr denn nichts?«
Da schlugen ihre Herzen, erfüllt von Zuversicht.
»Es gab wirklich ein Eisenbahnunglück«, sagte Aslan sanft. »Ihr fünf, die ihr im Zug gesessen – ihr beide, die ihr auf dem Bahnsteig gewartet habt: ihr alle seid bei dem Unglück getötet worden. Ihr alle seid tot – wie ihr es in eurem Schattenreich gewöhnlich nennt. Die Schule ist aus, die Ferien haben begonnen. Der Traum ist zu Ende, der Morgen ist da.«
Als er so sprach, sah Aslan für sie nicht mehr wie ein Löwe aus. Aber was sich danach ereignete, war so groß und schön, daß man es nicht beschreiben kann.

Hier endet für uns diese Geschichte. Wir können nur noch sagen, daß sie alle weiterhin glücklich lebten in Narnia. Für sie in Narnia aber war es nur der Anfang der wahren Geschichte. Ihr ganzes Leben in dieser irdischen Welt und alle ihre Abenteuer in Narnia waren nur der Umschlag und das Titelblatt gewesen. Nun erst begannen sie das erste Kapitel der großen Geschichte, die noch keiner auf Erden gelesen hat, der Geschichte, die ewig weitergeht und in der jedes Kapitel besser ist als das vorangegangene.

Inhalt